艾梅洛閣下II世事件簿

9

Grand Role

「case.冠位決議（中）」

Kadokawa
Fantastic
Novels

Lord El-Melloi
II
Case Files

插畫／坂本みねぢ

艾梅洛閣下II世事件簿

9 「case.冠位決議(Grand Role)（中）」

目錄 Contents

「序章」 009

「第一章」 027

「第二章」 093

「第三章」 175

「後記」 260

✦序章✦

白晝之光彷彿徐徐地衰弱。

隨著季節接近冬季，倫敦近郊的天氣變得更加不穩定，一天會反反覆覆轉陰下雨好幾回。雨滴滴答答地下了又停、停了又下。雨滴的性質似乎與從前差異很大，據說昔日的英國幾乎沒有人會隨身帶傘，但如今大約有一半的行人都撐起了雨傘。

無論如何。

雨對於少年而言，只是近幾年才出現的回憶。

儘管在那座採掘都市也有類似的現象，不過他覺得只是在地底落下的水不太適合稱作「雨」。自突然烏雲密布的天空滴落，淅淅瀝瀝地打在屋頂及牆壁的水聲。刺激鼻孔的土壤氣味。

這些使得他回想起從前在快要壞掉的電視上，看過的音樂劇黑白片。

有一次無意識地哼起歌時，老師告訴他那首曲子叫〈雨中歡唱(Singing In The Rain)〉，他總算得知了歌名。

那時候他很開心能夠得知歌名。

因為他總覺得首度接近了以前一直認為自己無法觸及的事物——連能夠觸及都難以想像的事物。

「…………」

少年想著這些，同時快步走過斯拉的街道。

在行人不多的校舍旁，延展出一道無精打采的影子。

對方有一頭令人印象深刻的赤紅長髮，從低垂的睫毛無法判斷正注視著何處。雖然從上課時間來看，少年應該沒有讓他等超過五分鐘，但男子的那副姿態彷彿已佇立了數小時之久。那張側臉流露的樣貌與其說很適合雨，更像是正在和雨交談。

不知為何，他不禁覺得明明非常相稱，卻彷彿要悄悄融入雨聲中的高個子身影顯得很寂寞。

哈特雷斯博士。

現代魔術科（諾里奇）的現任學部長。

「老師。」

即使開口呼喚，對方也未立刻察覺。

少年沒有呼喚第二次，將傘靠過去替他遮雨，哈特雷斯眨了兩下眼睛，低頭道歉。

「啊，抱歉。我想到了新的術式，不禁沉浸在計算當中。」

那麼，他用於計算的不只是大腦，也包含魔術迴路吧。一定水準以上的魔術師，在思考時不只會用到大腦，還會即時驅動必要部分的魔術迴路來挑戰解決問題——據說是如此。

雖然對於在課堂上聽過這些事的少年來說，那是過於欠缺才能的他難以跟上的領域。

「您有什麼發現嗎？」

「有呀，就和我第一次找到你的時候一樣。」

哈特雷斯露出沉穩的笑容，回望少年。

曾是生還者(Surviver)的少年，即將年滿二十歲。他精悍感漸增的側臉，讓人感受到少年時期即將結束，不過雙眸中的純真還保留著濃郁的昔日面貌。也許是營養狀態及外部環境的影響，少年的體格與肌膚光澤明顯越來越好，強調出他原有的健壯感。

哈特雷斯看了看懷錶後詢問。

「話說回來，有什麼情況嗎？你似乎比平常晚到了一會兒。」

「沒有。方才我收到了阿希拉的信，信上寫著將她剩下的個人物品丟掉也無所謂。」

「這樣嗎？」

「所以我去清理物品……想到大家四散各方，我不禁發呆了一會兒。」

「因為你們共度了很多年的時光啊。」

哈特雷斯對著頷首的少年微露苦笑。

剛才提到的名字，屬於一度當過哈特雷斯弟子的生還者之一。與少年一起探索過靈墓阿爾比恩的小隊已四散各方。在少年的生涯中，應該再也不會有像那樣密切地與別人同生共死的經驗了。

就是因為如此嗎？

他們有人成為知名魔術師的養子，有人進入祕骸解剖局，做出從前難以想像的成果，如今四散各方，讓少年感到胸口彷彿開了一個大洞。

「……所謂魔術師，是會背叛的。」

哈特雷斯開口。

一頭赤紅的長髮，在帶著濕氣的風中搖曳。

「因為魔術師在本質上是自我的團塊。雖然老師與弟子之間有著羈絆，但絕不是絕對的。因為老師珍惜弟子是為了延續自己的思想與魔術，弟子珍惜老師是由於還有可以吸收的知識。雙方都認為一旦失去價值後，無論什麼時候被捨棄也無可奈何……魔術師這種生物就是抱持這樣的想法。」

告誡般的話語，流瀉過濕潤的地面。

「不過，他們明確地提出了申請，在正式成為我的弟子之前，便找我討論過這些未來的出路。我認為他們的做法罕見地充滿誠意。」

「話是這麼說沒錯。」

少年鬧彆扭似的嘟嘴。

實際上，他打從以前開始就聽過——他們談論著到地上以後要這樣做、要那樣做的夢想。因為他們各自實現了夢想，如同哈特雷斯所說的一樣，少年並未心懷不滿。

應該沒有才對。

看著少年無法完全接受的表情，哈特雷斯繼續道：

「首先，你們活下來了。從那座大迷宮生還了。那件事本身就很美麗。」

哈特雷斯說道：

「正因為如此，你或許認為你們可以像在迷宮時一樣更進一步互助合作，但這裡還是和迷宮不同。當地點改變，戰鬥方式也會跟著改變。即使如此，你們現在都在同一片天空下，只要想見面就能重逢。」

老師所說的話，讓他仰望天空。

那座迷宮裡不存在之物。

即使天空正在下雨或烏雲密布，那無邊無際的景色都充滿震撼力。得知天空是在地上任何地方都看得見的景色時，這個想來是理所當然的事實，不知讓他的心多麼深受觸動。連如此強烈的感動也在不知不覺間徹底習以為常，他像這樣仰望天空的次數減少了。

「即使並非如此，鐘塔也是個狹小的世界。就算你們不願意，也會再度見面的。」

「……是這樣嗎？」

他的聲調不由得流露出不安。

地上（世界）太過廣闊。當然，他在理智上理解，與魔術相關的事物在這片地上只占了極少的一部分。這個世界受到科學（現實）的管理，信奉魔術的異端者只能依靠彼此地活下去。

儘管如此，就連已徹底習以為常的現在，這片天空還是十分廣闊。站在曾經深切渴望的天空下，還忍不住覺得孤單，是一種任性嗎？

「——哎呀。」

忽然間，哈特雷斯轉頭望向道路另一頭。

她連傘也沒拿，直接走在淅淅瀝瀝的雨中。

那種不在意高級布料淋濕的堂堂態度，讓人感到她彷彿在強辯，這麼做是傳統倫敦的禮儀，又或者是新倫敦的規矩。

那是一名白髮老婦人。

她開朗地笑了起來，舉起布滿皺紋的手。

「嗨，哈特雷斯博士。」

「原來是巴爾耶雷塔閣下。」

哈特雷斯彎腰行禮，少年也慌忙照做。

從老婦人那張布滿皺紋的面容，難以推測實際年齡。他在鐘塔也體認到，外貌的年齡對魔術師而言並不可靠。更何況對象是君主(Lord)，那更是如此吧。

君主不時會像這樣造訪。

從少年的角度來看，她是高踞雲端的存在，統治鐘塔的十二位王者之一。

「沒想到您會突然蒞臨。」

「不不不，你不必顧慮。我正好來到附近，久違地想和你聊聊。」

在巴爾耶雷塔閣下的表情與眼眸中，評估我方與自身分量來劃分等級的天秤，正以微妙的平衡晃動著。

評估在名義上地位相等，但「實質上並非如此」之人的視線。

「…………」

哈特雷斯博士在學部長當中受到排擠。在主要學科的學部長中唯一並非君主之身，名義上卻被要求與其他君主對等行動——少年一直看著，他因這個緣故承擔起多少吃虧的要求。

第一次從地底出來時，少年以為哈特雷斯是王者之一。那個認知本身沒有錯。可是，如今試著一看，就連在那些王者之間也有等級差異。

巴爾耶雷塔閣下的視線終於動了。

「嗯，這位是你的寄宿弟子嗎？」

「……是的。我以前應該向您介紹過……」

當哈特雷斯輕碰背部，少年吞了吞口水，盡力挺起胸膛。

「我名叫庫羅。」

「哦，名字的讀音挺古怪的呢。」

也許是就此失去興趣，巴爾耶雷塔閣下無視於少年的緊張，眼神轉回身為同胞的學部長身上。

「既然順路過來，我想順便確認一件事。」

她拋出話頭。

「你聽說了艾梅洛閣下的事情了嗎？」

「據說，他參加了在遠東舉行的鬥爭式魔術儀式。」

（……艾梅洛閣下。）

少年回想起那個名字。

在列位的君主中，那個家族應該也居於上位。他是權威與實力兼具的礦石科(基修亞)君主。他的年紀應該已有二十來歲，至今卻依然被稱作神童，是因為他從還不到十歲起，就不斷創下異常優秀的實際成果。不只原本應該繼承的礦石科，艾梅洛閣下在降靈方面也發揮才能，取得降靈科(尤利菲斯)一級講師之位的傳聞，也傳進了少年耳中。

原來如此，在鐘塔，天才正是用在這種傑出人物身上的詞彙吧。

那位艾梅洛參加遠東魔術儀式的話題，在鐘塔一部分愛聊閒話的人之間流傳。差不多對於研究方面的名聲感到厭倦的艾梅洛，這次應該是想給自己鍍金，贏得實戰派的聲譽吧。那些流言蜚語在傳播時，大多還會一併配上這種感到厭煩的感想，由此便可證明艾梅洛閣下這名魔術師的能力。

所以，哈特雷斯也只是輕輕頷首。

「畢竟他可是常勝無敗的神童艾梅洛閣下。絕不可能發生在區區遠東的魔術儀式中落敗的情況吧。」

「雖然他要是輸掉，就值得慶幸嘍。他能不能不小心被伏兵撂倒呢？」

老婦人以開朗的語氣說出危險的話。

「艾梅洛閣下——肯尼斯．艾梅洛．亞奇伯與降靈科（尤利菲斯）的千金之間有著婚約。照這樣下去，貴族主義會越發如磐石般團結一致，站在我們民主主義的角度上很傷腦筋。啊，怎麼樣？現代魔術科在這時候正式加入民主主義如何？現在的話，可以賣很大的人情給我們喔。」

「我會當作沒聽見這番話。」

哈特雷斯沉穩地搖搖頭。

空氣有短短一瞬間緊繃起來——

「真可惜。」

巴爾耶雷塔閣下笑咪咪地揚起嘴角。

「不過，只要你改變主意就隨時說一聲吧。我從以前開始便對現代魔術感興趣。如果你們投向中立主義，我可是會鬱悶得不想出門。」

「您別說笑了。他們根本不把我們看在眼裡。」

哈特雷斯應付道。

貴族主義。

民主主義。

中立主義。

此為貫穿鐘塔的三種運用方針，但正如巴爾耶雷塔閣下所言，現代魔術科目前不屬於其中任何一方。這也是哈特雷斯被要求走在鋼絲上的原因。說歸這麼說，現代魔術科能夠以一定的存在感經營下去，也是因為獨立於三方勢力之外，一旦意圖加入哪一方，結果只會被壓價收購。身為唯一不是君主的學部長，更不得不謹慎行動。

不，更重要的是——

少年暗中壓抑顫抖。

（……該不會……）

在民主主義也名聞遐邇的這名老婦人，該不會看穿了現代魔術科(我們)的祕密？

「哎呀，你怎麼了，寄宿弟子小弟弟。」

「……沒什麼。」

「請別嚇唬我的寄宿弟子。」

少年搖搖頭，哈特雷斯的手悄悄地放在他肩上。少年感到顫抖平息了。望著少年的反應，巴爾耶雷塔閣下輕聲發笑。

「哈哈哈，失禮了。方便的話，你願意收下這份作為致歉的禮物嗎？」

她遞上電影票。

「這是巴爾耶雷塔閣下——依諾萊女士您經營的電影院嗎？」

「對，我收購了最新式的影城，其中一個影廳是供自家人專用的。只要拿那張票過去，愛看什麼電影多半都會放給你看喔。哈哈，我打從以前開始就想擁有自己專用的電影院。」

「在表面社會做出太醒目的經濟活動，特蘭貝利奧閣下不會面露難色嗎？」

「麥格達納小弟弟他會理解的。那麼，再見。」

巴爾耶雷塔閣下輕輕揮手，掉頭離去。

她的氣息也和身影一起消失，相隔半晌之後，哈特雷斯柔和地笑了。

「巴爾耶雷塔閣下她喜歡新事物。她願意照顧像我這種用來充數的人值得感激，但馬上就會想把人拖下水。從她並未……抱持陰險的惡意這點來看，那是天生的鐘塔性質呢。」

「意思是指她開朗地盤算著陰謀嗎？我有些難以想像。」

「有點不同。說到陰謀一詞，我們容易想像到深謀遠慮、一心構陷他人的陷阱等等，不過她應該並非認真地希望艾梅洛閣下死去。包含純粹的直覺在內，巴爾耶雷塔閣下只是時時都在摸索對自己而言很有趣，可能的話還有機會得利的狀況罷了。啊，在屬於創造科（巴爾耶）的她眼中，這種狀態的摸索應該正是一種美吧。」

總之，這代表她很熟悉權力吧。

既非貪圖權力，也非被權力蠱惑，那名老婦人極其自然地馴服了權力。像先前一樣毫無預兆地順路來訪，拋出最近的話題，同時確認彼此的立場與狀況，在她看來應該如同呼吸般自然。是一種不必一一加以注意的當然舉動。

可是——

「老師您不覺得不甘心嗎？」

「不甘心？」

「因為剛剛那些話……」

不是有一大半近似於威脅嗎？他沒辦法將這句話說出口。

要說她是否抱持惡意，答案或許是沒有。不過那種說話方式，就是在確認「生殺予奪之權可是握在我手上」這件事。就算以剛剛談到的巴爾耶雷塔閣下那種自然的態度來做，能不能忍受則是另一回事。

然而，哈特雷斯一如往常地連他無法說出口的意思都一併擔起，淡淡地露出苦笑。

「因為在這個情況下，沒有後盾支持的我才是異物。」

他這麼回答。

「基本上，魔術師本身是過去的遺物。用現代的價值觀說這是歧視也無濟於事。因為打從一開始，我們就不平等。」

哈特雷斯的說法，從鐘塔的理論來看的確是理所當然。

魔術刻印只有直系子孫才能繼承，魔術迴路的數量與品質也從誕生的瞬間起就決定了。既然將魔術放在價值觀的第一位，他們的存在方式只可能遵循陳腐的形式。

「可是，現代魔術科（諾里奇）是……」

「沒錯。以總體來看，魔術師整體都正在衰退。正因為如此，才不得不讓從前應該會視為廢物唾棄的什麼新世代（New Age）加入組織。這種憤慨與矛盾的妥協點就是現代魔術科，這片斯拉市街。」

哈特雷斯的視線轉向街道。

放眼眺望，會認為此處是座大學城的人應該很少吧。

畢竟，這裡的規模實在太小了。只是在僅有寥寥一兩條馬路寬的空間裡，硬塞進類似校舍的建築物。雖然光論資金流通方面，考古學科（梅爾阿斯提亞）的情況似乎也差不多，但擁有的傳統畢竟不一樣。

那邊的學科擁有在鐘塔中也算數一數二的地位與歷史作為後盾，足以擔任中立主義的代表。相對的，現代魔術科（這邊）則是將在倫敦近郊一點一滴建造的工坊及相關建築物強行塞進一個地區裡。該說是東拼西湊還是亂七八糟呢，總之給人勉強拼湊的強烈印象。

就算這樣，對鐘塔的新世代們而言，這裡也是足以寄託自身夢想的市街。

「剛才您說過，魔術師是會背叛的吧。」

少年想起哈特雷斯在巴爾耶雷塔閣下過來前所說的話。

「那麼，老師您呢？」

「當然，我也是平凡的魔術師。我只不過是個希望以自己的魔術抵達所能達到的究極，為了目的不惜動用骯髒（Dirty Work）手段的凡庸之徒。」

真的嗎？少年心想。

從初次相遇起匆匆經過數年，他從不曾看過這個人露出那樣的利己心態。在少年脫離靈墓阿爾比恩，取得鐘塔學生的學籍開始上學之後，仍舊沒有。

「不過，老師您有妖精的——」

少年正要說出口，哈特雷斯悄悄地以手指抵住嘴唇。

「那個與作為魔術師的能力沒有直接關係，就像是碰巧摻入我體內的附屬品。當然，從前也有魔術師以同樣得自妖精的能力取得特別的階位，不過我並未走上那條路。」

少年以前也聽說過。

例如，由於接觸過妖精，習得有可能與萬物交談之統一言語的魔術師。

不過，少年的老師並非靠其異能當上學部長。

「…………」

少年不經意地回望自己的老師。

他並未改變。和初次相遇時一樣。少年本身以及曾與少年相伴的小隊，明明都發生了巨大的變化。

「……老師像這樣就好了。」

所以，少年呢喃。

他往前走了幾步。

少年踩著缺角的石板回過頭。

「我喜歡斯拉的市街。」

雨在不知不覺間停了。

符合倫敦天氣易變的特色，直到先前都烏雲密布的天空有一半清爽地轉晴，一道彩虹橋跨過正下方。

在美麗地交融在一起的色彩下，少年害羞地說出口。

「這一定是因為，老師您在這個市街吧。」

＊

——那是十年前。

稱作第四次聖杯戰爭的極小規模魔術儀式，在遠東舉行之前的往事。

在人稱艾梅洛II世的古怪君主出現於現代魔術科前，好幾年前的往事。

＊

「所以，請老師您保持這個樣子吧。」

當某個少年心目中的星辰，還在斯拉閃耀光芒的時候。

✦ 第一章 ✦

1

「哈特雷斯與偽裝者……企圖召喚真正的英靈……征服王伊肯達……」

那句話簡直就像惡魔的子彈。

自從第四次聖杯戰爭後，大約過了十年。

那麼，子彈豈不是從十年這段時間的彼端飛來，打穿了我們的心臟嗎？不，對老師造成的衝擊更勝於此吧。縱使被打穿額頭，腦漿噴得滿地都是，也只得茫然地呆立不動——因為子彈是以如此濃密的絕望與惡意製成。

「…………」

此處是哈特雷斯的工坊。

讓人感受到這裡原本是酒窖的濃郁酒味，完全不肯帶我進入酩酊狀態。明明我不會再有比此刻更想沉溺在酒神（Bacas）使所有思考變得朦朧不清的恩澤中了。

老師一直注視著張貼親和圖的工坊牆壁。

多半是哈特雷斯編寫而成的親和圖。用許多細繩與紙片組成如警匪劇裡出現過的形態。紙片上寫著包含封印指定術式在內的幾種術式，老師原本明明一直在推理親和圖的目的地……

（……然而，為什麼？）

我心想。

召喚英靈伊肯達。

推理抵達的答案，對於老師來說太過致命。連蛇(Satan)的誘惑都不會如此甜美。相當於違背神的囑咐，偷吃智慧果實的原罪，那個夙願強力地、強力無比地束縛著老師。

「…………」

我發不出聲音。

——「好想讓他們見面。」

短短幾個月前，我曾痛切地想過。

不，直到現在也一樣。可是，同樣的內容聽起來居然顯得如此恐怖，果然是因為與哈特雷斯這個名字扯上關係的影響。因為我有種直覺，那件連作夢都會夢到的事情，絕不會帶來宛如美夢的結果。

因為我十分篤定。

「……這……到底……」

可是，我想要否定這一點，好不容易從喉頭發聲。

我忍不住發問。

「……這到底是怎麼回事，老師？」

桌子隨著劇烈的聲響搖動。

那是老師用力一拳砸在桌上的聲音。

「我才想問這個問題。我這麼說只是因為將術式解體後，這是唯一的解釋……！」

他咬牙切齒地發出壓抑的嗓音。

即使壓抑也難以徹底隱藏的某種事物，在聲音背後搖曳。

他心中藏著多少掙扎、多少苦惱呢？這個人從前參加過的第四次聖杯戰爭，據說是十年前的事情。那麼，他投入的十年歲月，此刻即將在眼前碎成碎片。

「多半──不，術式幾乎毫無疑問是以從妳故鄉學到的知識當作基礎。總之，就是那個將亞瑟王分為精神、肉體與靈魂，試圖重現的術式。」

我們先前談過這個話題。

哈特雷斯長期觀察過我的故鄉。仔細想想，我與哈特雷斯，還有我與老師的因緣也是從那裡展開的。那麼，哈特雷斯的計畫也是從那個故鄉開始的嗎？不，還是遠在更久之前……？

「不過……這個術式超越了那個術式。」

老師將手放在親和圖旁邊，如抓著救命稻草不放般仔細調查術式。

「用偽裝者當核心，探索著……超越作為英靈的伊肯達的某種存在……？舉例來說……類似於企圖用英靈當觸媒連鎖召喚英靈……」

他說完後發出沉吟。

悶在嘴裡的聲音，迸散在親和圖上。

「喂喂喂，你怎麼了，瘦巴巴魔術師！」

連亞德摻雜咒罵的話語，好像都無法傳入現在的老師耳中。

「……可惡！」

他彎起手指，指甲就這麼抓向牆壁。

「為什麼……我不懂……」

宛如挑戰冠軍選手，最後落敗的拳擊手。

幾近於條件反射般無意識地持續解體他人術式的老師，就像在這時候得到了報應一般。

我不知道該如何是好。

自從成為寄宿弟子後，我自認一直以來都在保護老師。我與亞德一起交戰的對手，常常比我更為強大，光是面對他們就需要極大的精神力。縱然如此，我還是能挑戰他們。

對於這樣的對手，該如何戰鬥才好？

看不見、聽不見、碰觸不了。

僅僅實際存在於老師腦海中，名為魔術理論的「內部敵人」。

「可是，這樣的話，Whydunit說得通……」

老師露出泫然欲泣的神情喘著氣。

「為什麼，偽裝者會輕易地聽命於哈特雷斯？」

「那是……」

「妳或許認為使役者當然會聽命於主人，但實際的情況不同。就算使用作為絕對命令的令咒，要長期逼迫使役者聽命也是不可能的。因為令咒效用僅限於一時。」

老師的口吻，流露出某種超乎言語方面的事物。

那說不定是他親身體驗過的情況。

十年前。

在那場第四次聖杯戰爭中。

「所以……她是自身抱著某種願望，決定聽命於哈特雷斯。」

「那個願望是……召喚伊肯達……」

的確，那麼一來Whydunit顯而易見。

要是他可以讓真正的主人伊肯達現界，偽裝者應該會盡力協助。在我所知的範圍內，沒有其他如此熱烈崇拜著某個人的女性。即使要求她征服世界，她也會欣然從命吧。

「……那麼，老師不明白哪個部分？」

「親和圖與張貼的術式，展現出某種刻意的誘導。所以，連我也能看出召喚伊肯達這個目的。同時，術式的完成度很高，耗費了許多時間與成本，難以想成只是用來讓我陷入混亂的謊言。」

老師抓過牆壁的手指，微微發抖地指著親和圖。

「所謂完成度很高的術式，光是理論部分也並非輕易就能做出來的。何況，魔術的組合不僅並非全都契合度良好，發生排斥與失控才是常態。基本上，完成度、強度越高的術式，越沒有改動的空間。」

我忽然想起費拉特。

那個每次創造魔術基盤本身，即興改編魔術的異能。老師以前說過，取而代之的是，連他本人也難以再施展完全相同的魔術。

這樣的話，這代表——在老師面前的親和圖是耗費龐大的時間與成本，將原本應該沒有改動空間的術式，像費拉特一樣改編過的產物。

「有個比喻叫如穿過針眼般困難。就算看我解析過的部分，這個術式所做的事也很異常。沒錯，我看得出一個無疑應該稱之為天才的人物，持續進行精心的計算。那不是擁有優秀的魔術迴路就能辦到的結果。若沒有非比尋常的執念與執著，一次又一次反覆地轉換構想，就無法抵達這個階段……而且，就算做了這麼多——不，正因為做了這麼多，這個魔術無論在時期或地點上都相當受限。」

「……時期與地點。」

例如，星辰的位置。

例如，靈脈（Ley Line）。

魔術會受到種種因素的影響。正因為如此，鐘塔的教室應該是興建於精心挑選之處。若要融合多種術式，這些因素當然也會一併融合。意思就是，春季的術式與冬季的術式不可能並行運作。

只要想創造新術式，每次都得面對這些問題。因為這個緣故，有些魔術師會拿有用的新術式向法政科申請專利，向利用術式的術者徵收著作費來謀生。

「而『他』就在中央。」

老師的手指顫抖著。

那聲「他（he）」蘊含著多麼複雜的感情呢？

「既然如此……」

老師往下說。

「……我妨礙哈特雷斯，又有什麼用？」

「老師。」

他不知是否聽見了我的呼喊。

依然沒有與我四目交會，老師的聲音掠過龜裂的石板。

「倒不如說，既然哈特雷斯正在試圖召喚伊肯達，我不是應該協助他嗎？什麼鐘塔的秩序，我不是應該當場棄之不顧嗎？即使再度被召喚的他沒有昔日聖杯戰爭的記憶，即使我不是他的主人，那些不都是我作為王者的部下應該接受的微枝末節嗎？」

啊，事情當然會變成這樣。

什麼鐘塔，對老師而言只是一種束縛。

他應該很疼愛艾梅洛教室的學生們，但他們與他奉獻人生的王者無從相比。老師取消參加第五次聖杯戰爭，也絕不是放棄了與王者見面。而是因為他下定決心，認為自己必須鑑別王者的替身，同時也是另一名王者的偽裝者有何目的。

然後，老師找出了答案。

為了召喚伊肯達這個答案。

（……那麼……）

我也應該支持這件事嗎？

作為近距離目睹過老師的苦惱、老師的掙扎之人，我應該鼓勵他嗎？我應該建議他站在哈特雷斯身旁，協助偽裝者召喚伊肯達嗎？

「…………」

我不知道。

沒有任何想法化為聲音。

只要說短短一句話就行了。我明明想要支持老師，思緒混亂的大腦卻不肯組織任何話語。要是我在故鄉學過一點詩歌就好了。費南德司祭明明一定會樂於教導我。

「……那個……」

我終於勉強想到一件事。

「哈特雷斯召喚伊肯達，打算做什麼呢？」

「這就是我不明白之處。」

老師的臉龐苦惱地扭曲起來。

「使用偽裝者進行再召喚無疑是術式的主體。可是，哈特雷斯在主體周遭又配置了多個極其複雜的術式，其中甚至包含封印指定魔術師的術式。先前提及的Ｅｍｉｙａ——衛宮的魔術也是如此。」

「我記得封印指定，就是以前聽過的——」

當魔術被判斷為只限一代，為保護那些極度寶貴的魔術師而下達的鐘塔敕令。保護說起來好聽，實際情況卻是將魔術師的大腦到魔術迴路切除下來，以進行永遠保存的機構不是嗎？

而這個指定，正是法政科的重大職務之一。

「衛宮的魔術，是製造與外界隔絕的時間流動。」

老師悄然訴說。

「魔術的目的，原本似乎是藉此目睹時間的盡頭——根源。那是在我進鐘塔學習之前的往事，在發覺的當時，似乎引發了熱烈的討論。啊，試圖抵達根源的計畫有好幾種，不過這個是實現可能性頗高的計畫之一。鐘塔會激動地下達封印指定也有其道理。這無庸置疑也是天才的成果。

作為君主，我知道這類術式的概要。依情況而定，也能推導出與其他術式組合時的解答。但是，把多個這種未知的術式組合起來，還想進行更進一步的應用就……」

說到此處，老師的聲音頓住。

「……不，不對。」

他否定先前的考察。

「若純粹只是複雜，總有辦法解決。鐘塔裡也有人構築過比這個更複雜的術式。不過，從這個術式中看不見哈特雷斯一路培育的魔術。哪怕要組成複雜的術式，核心明明也應該有作為他本質的魔術，我卻沒有看到。即使是非魔術師的魔術使，應該也會自然地流露出用慣了的本質才對。他想抵達什麼地方？什麼樣的思想會肯定這種魔術？還是說，現代魔術科的學部長本應如此？」

我隱約地理解。

老師的觀察眼光，恐怕是源自於人。

像他從露維雅潔莉塔．艾蒂菲爾特的性質，看穿寶石魔術的存在方式與發展一樣。像他和創造黃金公主及白銀公主的拜隆卿對峙，看破那對雙胞胎的祕密與雙貌塔的神祕一樣。

老師以前說過，魔術師無法違抗Whydunit。

「從出生前起一直沉浸在魔術這個故事裡的魔術師，無論要抗拒或接受，必然連內在都會受到侵蝕。從這層意義來說，沒有比魔術師更不會撒謊的人種。」

如同他在剝離城阿德拉所說過的一般，老師總是藉由看穿魔術師本身與被實驗對象的性質，逼近該魔術的本質。

可是，哈特雷斯留下的足跡缺少這種氣味。正因為如此，在我的故鄉發現的術式，也讓老師深感苦惱，在解析時需要月靈髓液的支援。

與其說是作為魔術師，不如說是在身為人的存在方式上有所欠缺。

簡直就像那個名字一般……

「……哈特雷斯的目標也是邁向根源嗎？」

我不經意地發問。

眾多魔術師所追求的魔術出發點及終結點。鐘塔這個組織，不也是為了抵達該處而經營的嗎？

不過，老師搖搖頭。

「恐怕不是。那樣的話，不需要如此複雜的組合。衛宮的魔術優秀到只要完成就足以邁向根源，正因為如此才會遭受封印指定。在那個術式裡加入伊肯達與其他術式沒有意義……」

他的沉吟慢慢地透露出其他情緒。

從近似憤怒的激動，轉為近似死心的平靜。

「那麼，我應該向哈特雷斯投降，聽他解答嗎？」

那句話不是在問任何人。應該只是對自身而發。

工坊裡變得一片寂靜。

至今不管碰到多麼怪異的案件，老師的立場都很明確。

老師宣稱自己不是偵探，同時行動又無疑在解明謎團。

然而，一旦偵探認定那個案件不該解決的話，案件會有什麼發展？更何況，要是偵探動念認為自己應該協助犯人的話——

老師如同斷線的傀儡般失去力氣的手指，忽然動了動。

那兩根手指無力地貼上太陽穴。

「……怎麼了？」

老師呢喃。

好像是某種心靈感應的傳訊。只要沒有結界等等阻礙，魔術師之間的通訊技術優於現代技術，就連老師這種程度的能力似乎也符合這一點。

通訊時間大概是十幾秒。

與觀察哈特雷斯的親和圖時一樣，老師再度不自然地渾身緊繃。

「老師，出了什麼事嗎？」

「——斯拉，遭到襲擊——」

那句茫然的話語，流過瀰漫酒味的工坊。

2

（這是……什麼──）

我甚至說不出話，整個人僵住不動。

此處是斯拉。

直到剛才為止，我──萊涅絲·艾梅洛·亞奇索特，應該和費拉特及史賓一起在書庫進行調查。為了尋找哈特雷斯及其弟子的線索，我們地毯式搜索留在現代魔術科的文件與紀錄。

情況在短短一瞬間翻轉。

我打開書庫大門，眼前掀起一片濛濛的粉塵。「曾是」校舍的建築毀壞，瓦礫凌亂地散落在建地四處。一部分的瓦礫深深嵌入建築物內，呈現一片極度非現實的景象。

當然，魔術師之間的交戰多得數也數不清。因為鐘塔雖然標榜神祕的隱匿，但別說禁止魔術師的戰鬥，反倒還用可當作修練為藉口加以鼓勵。

不過，我也是第一次看到這麼公然的「攻擊」。

那無疑屬於大魔術。過於強大的神祕展現的威力，比撕碎薄紙般更輕易地破壞了斯拉周遭好歹有張設的結界，甚至還破壞了建築物。

「…………」

不。

這是謊話。

我別開目光。

在破壞之前，我所目睹的事實。我直覺地領悟到，那宛如從蒼穹落下的彗星般的光輝，與以前目睹過的寶具是同一種東西。

總之，那是——

「——等、等、等一下，這是什麼，小萊涅絲！」

最先回過神發出呼喊的人果然是費拉特。

在原本即位於常識外側的他眼中，這種超出常識的狀況或許也是稀鬆平常。只是，那個反應令我不禁無意識地像平常一樣惡言惡語。

「……真意外。照你的個性，我還以為你會雀躍地說什麼『哇～好厲害～』、『第一次碰到這種場面！』呢。」

「因為艾梅洛教室出了大問題啊！明明大家或許都受了傷，我怎麼可能講那種話！」

費拉特認真至極地回答。

「……你說得對。對不起。」

我不禁露出苦笑。

的確，他就是那樣的少年。太過超乎常規，甚至不是一般的魔術師，正因為如此，他很珍惜這個地方。

在想著這些念頭的過程中，思考迴路漸漸運轉起來。

「費拉特，你去聯絡大家，安排他們避難。可能的話，將我的兄長也包含在內。史賓，你和托利姆瑪鎢一起充當我的護衛，跟我來。」

「咦咦！這怎麼可以！我也要和狗狗一起跟著妳！」

「不，現在應該照『公主』的話去做。」

史賓以綽號稱呼我，點頭同意。

「既然無法掌握個別的受創情況，由你去呼籲周遭的人是適合的選擇。因為談到魔術的應用性，全艾梅洛教室最優秀的人就是你。相反的，要找出襲擊者，依情況而定與公主一起逃走的話，我的動作更快。這是人盡其才的判斷。」

「唔唔唔！」

我向詞窮的費拉特聳聳肩。

「唉，我若不去親眼見證，沒辦法提出報告。被人這樣狠狠耍弄過後，如果還被議論現代魔術科的繼承者甚至沒去確認狀況的話，會傷及我們的顏面。在冠位(Grand Role)決議前，那可是死也得避免的。」

「啊～我懂了！從不肯聽別人講話的傢伙開始先死是喪屍片的公式嘛！安排大家避難之後，我會立刻回來！啊，這句話好像另一種伏筆耶！」

費拉特迅速舉起手，邁步飛奔。

雖然比不上史賓，他的速度也很可觀。

他一邊朝晚一步出現在走道上的其他學生隨意搭話，一邊即時替他們帶路。這樣的一面是開心果的長處。即使沒讓對方完全理解狀況，也能在無意中準確傳達想說的訊息，這是種罕見的才能。

留下的史賓轉頭望向我。

「公主妳不去避難，真的沒關係嗎？」

「你從剛剛開始就這麼叫我，很久沒有人用那個綽號稱呼我了。」

也有人稱我是艾梅洛的公主。當然，這麼說並非帶著敬意。那個稱呼方式是在奚落原先的本家亞奇伯家垮臺後，被強行擁立為繼承者的我。

只是，史賓偶爾會基於其他意圖使用這個綽號。

「既然發生這種緊急情況，老師又不在，現代魔術科的代表就是公主。」

總之，就是這麼回事。

為了按照需求確立組織的上下關係，他當場付諸行動。稱呼方式與態度也為了這個目的而改變，真像是野生的狗。明確地決定群體的頭目，應該是他的行動原則。

所以，我也點點頭。

「嗯，你的說法很合理。順便一提，你應該是想促使我對身分產生自覺，前去避難……不過我剛剛說過吧？既然能把麻煩事推過去的兄長人不在這裡，唯獨這件事我非得奉陪不可了。」

「我明白了。不過，請充分提高警覺。」

「我當然會。托利姆瑪鎢，切換為自律防禦態勢。」

「遵命，大小姐。」

在我背後的托利姆瑪鎢微微頷首，身軀溶化。為了以防萬一，她轉換為銀色史萊姆狀的防禦態勢，以便能立刻保護我。

我們兩個一起緩緩地邁步前進。

史賓立刻瞇起眼眸。

他正注視著粉塵的另一頭，還是在嗅味道？

「破壞的中心點好像是舊校舍……對了，那裡不曾使用過呢。」

「在艾梅洛接手現代魔術科時，那個地方已經受到封印。當然，環境整體上我們都實際看過，不過那裡作為靈地的扭曲難以修復，要是輕易使用魔術很可能產生大量的惡靈，因此我和兄長也沒想過要去改動。」

我一邊說話一邊掂起裙襬，靜靜地跨越崩塌的牆壁。雖然動作稱不上高雅，在緊急狀況下就別計較那麼多了。

走在身旁的少年，身軀已被魔力覆蓋。

那股近似蒼白火焰的魔力，猛烈到許多魔術師「肉眼看得見」的程度。魔力依循他的魔術帶著野獸的形態，帶來利爪與尖牙，以及比一般「強化」更強幾倍的瞬間爆發力與感覺增幅，是屬於格拉修葉特家的魔術。

獸性魔術。

這種有時會招致野獸的瘋狂而受人忌諱的魔術，在史賓這一代開花結果。雖然我也不清楚兄長的指導給予了多少助力，從他在艾梅洛教室也以最年少等級獲得典位這一點來看，實力顯而易見。

「有一股氣味。」

少年的腳步比走在平地上還要輕快，不時單手挪開大塊的瓦礫，抽動著鼻翼說道。當然，他的嗅覺也隨著獸性魔術的發動，保有更強化幾倍的敏銳。他在這片粉塵中也毫不猶豫地在碎裂的瓦礫中快步前進。

舊校舍內部呈現被破壞得更加嚴重的狀態。

哪怕將一道龍捲風鎖進建築物內，也不可能造成這樣的慘狀。窗戶悉數粉碎，牆壁燒得焦黑，充分表現出襲擊有多麼嚴酷。

「與其說是徹底的破壞……不如說，應該看成對方具有這種程度的破壞力吧。」

聽到史賓的話，我吞了口口水。

我強行壓下在那輛魔眼蒐集列車（Rail Zeppelin）上感受過的恐懼。雙腿與大腦幾乎要停止運作。我想這多半是本能吧。同為使用神祕之人，我身為魔術師的本能幾乎要屈服於實力懸殊的那名英靈。

「假設對手是哈特雷斯……」

正因為有所自覺，我拉高嗓門試著抵抗。

「在斯拉市街，若是一般的範圍，他在變身成卡雷斯潛入時應該有過很多物色的機會。如果他打算報復現代魔術科，在第一擊之後就默不作聲不太對勁。攻擊的頻率間隔太長，讓費拉特有時間呼籲大家避難並非上策，有偽裝者的寶具在，應該可以持續進行破壞才對。你有什麼看法？」

「我有幾個推測。」

走於我身旁的史賓呢喃。

那道聲音裡也帶著微弱的魔力。野獸的咆哮不分東西方，直接即是已完成的魔術。有時喚來邪惡，有時則相反地驅除魔性。認為人類無法發聲的音域與野性的聲響本身即具有意義，是自古以來的觀點，在兄長的課堂上也談到過。

「其一是魔力不足。使用寶具應該需要大量的魔力。我針對聖杯戰爭做了一點調查，使役者好像在一定程度上是由聖杯代為維持。不過，在定額之外的她應該沒有這種優待吧。」

「特地闖入斯拉，卻在敵方地盤上耗盡能量？好歹也是現代魔術科的前任學部長，他不可能如此愚蠢。雖然發生這種情況，我們可就輕鬆了。」

「沒錯。沒有這個可能。」

或許原本便這麼認為，史賓立刻撤回論點繼續說道：

「那就是另一個推測。他的目的並非斯拉，而是這棟舊校舍。」

「……這個推測還不錯。」

我也認同道。

「要解放對舊校舍全體設下的封印，需要不少時間。乾脆用寶具強大的力量突破封印也是有可能的。不過就算是這樣，推論仍顯得薄弱。在擔任學部長的時代，他應該可以隨心所欲地處置這裡的封印吧。他是後來才改變主意，覺得果然還是需要這裡的東西嗎？」

「……我沒辦法像老師一樣進行推理喔。」

「我的兄長也會在這種時候講出平常那句台詞，說什麼自己不是偵探呢。」

我回想起兄長幾乎變成口頭禪的抱怨，彎起嘴角。

「而且在艾梅洛教室的雙壁中，與兄長共享同一個答案的若是費拉特，與兄長共享同一種計算的人便是你吧。費拉特屬於跳過求解途中的所有算式，在測驗時只寫下解答，結果因為閱卷老師完全看不懂他是怎麼得出解答而被打出不及格分數的類型，不過你是會和兄長寫出相同算式的優等生。」

「…………」

史賓撇開頭，悄悄呢喃。

「Whydunit。」

「哦。」

「老師他多半也發現了哈特雷斯的一個Whydunit。」

喔喔，真的開始了。真不愧是艾梅洛教室在學生中唯一取得典位的優等生。

「唔。那是什麼呢？」

「那就是哈特雷斯希望盡可能隱瞞魔術世界，祕密地推動這起案件。」

「嗯？就算說要祕密地推動，失蹤案的情報已經遭到掌握了吧？不僅如此，他還在祕骸解剖局犯下凶殺案，哪有什麼祕密可言。」

「意思不是指祕密地處理案件，而是隱藏自己手中的牌。」

「……啊。」

我總算理解了。

「也就是說，弟子的失蹤即使暴露也無所謂——但他想隱藏自己手裡有能發動對軍寶具的境界記錄帶(Ghost Liner)這件事嗎？」

「是的。雖然在祕骸解剖局犯下凶殺案，他在當時也並未造成過度的破壞。我認為那應該看成是事前有所準備的祕骸解剖局卡爾格動手反抗，才不得已為之……總之，哈特雷斯以盡可能不引起鐘塔注意的方式在行動。因為只要神祕的隱匿受到保障，鐘塔往往會擱置魔術師的案件。」

少年的發言一字一句都很明確。

比起詳細的魔術道理，他只依照單純的事實來論述，從這一點來看，不是意外地比兄長更適合當偵探嗎？不，換成推理小說的偵探，總覺得應該會在發言中摻雜更難懂的深入知識與理論顧左右而言他。

「然而，哈特雷斯在這裡高調地打出底牌。他大概從很久以前起便決定在這裡出牌了。在老師不在斯拉的這個時機、在冠位決議即將舉行的這個時機。」

「……原來如此。」

我輕輕點頭。

就和談判一樣。哈特雷斯的行動與時機，多半具有確實的意義。

「既然他打出底牌，這裡就是他的最後決勝關鍵嗎？」

「至少我認為是其中之一。順便一提，他應該也有非得在這舊棟校舍出牌不可的原因。所以，公主妳才會跟來對吧？」

「算是吧。要是當兄長不在的時候，被對手擅自將軍輸得慘兮兮，未免蠢過頭了。」

我嘶嘶嘴，這麼回答。

「雖然兄長交代過，快接觸到哈特雷斯及偽裝者就當場撤退，但對手既然直接攻入斯拉，可不能這麼做。即使什麼也辦不到，在可以掙扎時應該奮力掙扎……話說回來，你應該在日常生活上多應用一點那份判斷力。」

在舊校舍的一片慘狀中，走在前頭的史賓僅將目光投向我。

「妳是指什麼呢？」

「是這樣沒錯吧？如果你能夠對格蕾做出這樣的判斷，關係明明說不定會更有進展。」

「公、公主？」

史賓變調的叫聲，讓我忍不住低聲發笑。

真是充滿「青春感」啊。啜飲黑暗而活的我們聊起這種話題的事實，實在非常愉快。

我不禁妄想，因為身為魔術師所以無法觸及那種耀眼之物只是個藉口，純粹是因為太膽小才畏首畏尾不敢行動而已。

我不禁看見那樣的幻想（夢）。

一定是那位兄長害的。

因為兄長太具魔術師的特質，又太不像是魔術師，同時兩者兼具。

我們繞到崩塌的螺旋階梯背面，緊繃經過「強化」的神經，手抵著牆壁往前走。

我們立刻走到了那個地方。

原本是校舍大廳的地點。

我在長期未經使用的那裡，發現了一無所知的空間。

「地下……」

鋪著大理石的地板陷沒，露出底下黑漆漆的遼闊空間。

「你剛剛的推理，看來說中了。」

他非得在這棟舊校舍出牌不可的原因。

現代魔術科的前任學部長哈特雷斯追求的某種事物——連我這個現今的現代魔術科重要人物都不知情的某種事物，假使藏在舊校舍地下呢？

「地下、地下，都是地下。格蕾的故鄉也是這樣，我總覺得要變成老鼠了。」

「對我們來說不是很熟悉的地方嗎？」

「哎呀，因為我們是魔術師啊。」

「我先下去。」

史賓縱身跳進洞穴，幾乎沒發出聲響。少年擺出類似貓的動作的獨特姿勢，朝我揮揮手。

看到他的舉動後，我也毅然決然「強化」雙腿後跳下去。

我盡可能地減少落地的聲響，環顧四周。

「斯拉還有這樣的地方？」

儘管幾乎一片漆黑，最低限度的光源對魔術師的眼睛來說就夠用了。

我難以置信。明明無法相信，在黑暗內隆起的構造物是太過有力的雄辯，強調著我所見之物並非幻覺。

那個物體極其巨大，卻又呈現有些眼熟的形狀。

碎片從頭頂的洞穴掉落，被那個構造物彈開。

「……這是什麼？」

我吞了口口水，伸出手。明明想要否定，手上卻傳來確切的觸感——竟傳了過來。雖然實在太過巨大，那種觸感屬於我小時候很熟悉的甲殼質外殼——也就是……

「……這是昆蟲的屍體？」

史賓喃喃的聲音，也有些欠缺現實感。

是啊，沒錯。

我不想承認。卻不得不承認。

我們眼前的物體，是巨大的昆蟲屍體。

種類應該是鼠婦(Pill Bug)吧。不過，尺寸實在太過於巨大。體高明顯超過三公尺，體長則高過十公尺。而且還不只一具，有好幾具蟲屍倒在廣闊的地下空間各處。

「不不不！再怎麼樣這也不可能吧！」

我搖搖頭。

「這種規模耶。哪怕張設多麼精密的結界，把這種東西埋在地下，無論是我或艾梅洛教室的學生們都不可能長達數年都沒發覺。如果那種情況有可能發生，那我們簡直糊塗透頂！」

空洞的範圍顯然不僅限於舊校舍內部。

豈止斯拉，廣大的範圍看來還到延伸至設於大學城周遭的結界之外。這種神殿明明近在腳邊，我們卻什麼也沒發現地悠哉上著課，那種情況才更不可能是真的。

不過，這樣一來，狀況就更加異樣了。

（……簡直像……）

這個巨大的空洞，簡直像是在短短幾分鐘前才完成的。

「…………！」

我揮開妄想，揚起目光。

我暫時針對眼前巨大的甲殼質屍體說出結論。

「……這是靈墓阿爾比恩的生物的屍體吧。」

「阿爾比恩的？」

「我想不出其他解釋。如果找遍全世界，應該會有這種生物潛伏的異鄉，不過絕不可能在倫敦近郊的地下冒出甚至高達兩三個以上啊。」

我吐露坦率的感想。

絕不可能有。雖然魔術師不該有這種想法，但不願接受太過荒唐無稽的狀況——這樣的念頭正在作用。

（……可惡，我還以為即使和阿爾比恩有關，頂多只是存放著走私品而已。）

方才我也在書庫裡翻找過各種紀錄，我懷疑以前由哈特雷斯率領的現代魔術科，與靈墓阿爾比恩之間具有某種利益關係。阿爾比恩的咒體本來受到管制，不經由祕骸解剖局幾乎無法取得，但哈特雷斯的弟子們曾是生還者，也有可能知道漏洞。

——「我聽說那座迷宮可能發生了走私。」

在與特蘭貝利奧閣下——麥格達納・特蘭貝利奧・艾略特的會談上，兄長主動提出過此事。我的推測和行動，當然也是以這個前提當作基礎。

因為我認為，這樣的事實若在冠位決議途中被揭露出來會很致命。要是被人發現現代魔術科觸犯禁令從阿爾比恩走私，被毀掉下場還算好的，一個弄不好，很可能往後百年都得被迫充當奴隸服勞役。

（……這個是……什麼啊？）

光是打穿舊校舍的地板就抵達阿爾比恩，這不可能。

連迷宮最淺的一層，應該也必須往地下深入十公里才能抵達。

既然如此，這又是什麼？

「在阿爾比恩中異常接近地表的部分，碰巧與現代魔術科的地下相連嗎？還是這些昆蟲挖掘土壤前進，結果跑到了這裡來？不如說哈特雷斯其實在地下興建了核能發電廠，我還遠遠更能夠接受喔。」

在發出沉吟之際，我感到不太對勁，按住胸口。

「咳咳！」

「公主。」

眼球在發燙。

不必照鏡子確認，現在我的眼眸應該染成了鮮紅。視野的一角滲著朦朧的影子。

「……我不要緊。史賓，你也徹底運轉獸性魔術，擴展到呼吸器官。濃密的以太很可能會傷及內臟。」

「——！我知道了。」

史賓的魔力立刻展開新循環。

連空氣本身都蘊含濃密的神祕。怎麼想都是靈墓阿爾比恩才會出現的環境。

不管多麼難以接受也只能承認的事實，沉重地壓在這副身軀上。

（……不過，這是怎麼回事？）

哈特雷斯不是為了特地展示這些才襲擊斯拉。

既然如此，那個Whydunit是什麼？明明這種時候才應該在場，我的兄長在幹什麼？促使心臟狂跳的，不只是這些庸俗的煩惱與焦慮。

原本在觀察眼前昆蟲屍體的史賓抽抽鼻頭，視線敏銳地盯緊昆蟲背後。少年的鼻子，似乎從我經過「強化」的視覺也沒辦法立刻看穿的黑暗聞到了氣味。

「『在』嗎？」

「是的，雖然還有些距離。」

少年毫不猶豫地四腳著地。

「公主，請坐到我背上。」

「你可以保證提供如Aston Martin跑車般的乘坐感嗎？」

「如果妳接受烈馬的話。」

當我將體重靠在他的背上，少年活像我只是根羽毛般輕鬆地猛踏地面。

他踢向巨大甲蟲背部，緊貼著附近的地下土牆。少年並非用二足步行，而是將彎曲的手指——以魔力形成的半透明鉤爪插進牆面以四足步行。史賓揹著我，身體宛如無視重力般有力地從土牆大步走向天花板。

「你還真靈活。」

我喃喃開口，因為史賓還運用同樣由魔力偽裝構築而成的尾巴托住我。真不愧是優等生，面面俱到。托利姆瑪鎢延展成薄片，隱藏氣息跟隨在後。

空氣中微微有風流動。

這邊好像是下風處，因此史賓才會聞到氣味吧。

我們像這樣前進了一會兒，這次連我的視野也發現異狀。

「那是……」

空間在晃動。

我想說那就像春夏蒸騰的熱氣，但季節相差太遠。雖然地底下等同毫無季節差異，即使如此氣溫確實跟地上一樣有點涼意。

所以，那不是光線的異常。

甚至不是黑暗。

我們僅依靠光亮的視覺，無法辨識那個狀態。

「——裂縫（Portal）？」

我不由得說道。

據說通往靈墓阿爾比恩的裂縫。在倫敦只存在寥寥四處，甚至連那幾處也是必須潛入地下數十層樓才能抵達的神祕入口，在這裡打開了。

史賓用力轉頭。

在裂縫旁邊，巨大的戰車踐踏著摻雜泥巴的土壤。

那不是現代的軍用戰車。

而是古代戰車。

是由馬匹並排疾驅掃蕩士兵，深具歷史的兵器。只是，現在牽引戰車的不是馬匹，而是僅由白骨組成的龍。每一頭都散發強大無比的魔力，蹄上環繞著與魔力呈正比的閃電，戰車整體也散播令人恐懼的紫電。

魔天車輪（Hecatic Wheel）。

我也記得那個名稱。原本是英靈伊肯達的寶具，作為替身的她則以魔術操縱戰車。

指揮者（偽裝者）悠然地握著那輛戰車的韁繩。

「……啊，妳來了？」

她揚起嘴角，露出美麗又猙獰的笑容。

在同一輛戰車上，哈特雷斯站在她背後按住那頭赤紅長髮。使役者與主人。兩人站在一起的姿態極為自然，自召喚後明明才經過大約兩個月，他們卻像一對相處多年的戰友。

雖然沒參加過聖杯戰爭的我並不清楚，過往的使役者與主人也是像這樣的關係嗎？

「太好了。因為我向主人表達過謝意，感謝他給了我戰場。如果妳沒有過來，我會變得像個傻瓜一樣吧？」

……不對。

她已經歷過戰鬥。

與先前的甲蟲形態不同的怪物群，流著體液倒臥在地。有些如變異的猿猴，有些像是在地上游泳的鯊魚，有些則像變異後的蝸牛，那些奇怪特異的怪物無一例外地死去了。

特別是其中有一副看來十分堅固的怪物外殼被深深劈開，看得我渾身泛起雞皮疙瘩。因為我推測那副充分吸收過神祕的甲殼，硬度恐怕勝過尋常鐵塊。

（……這邊才是怪物嗎？）

連靈墓阿爾比恩的未知怪物也不當一回事的最強使魔。

境界記錄帶。

甚至以降靈術的奧祕都無法看透，召喚自英靈座之物。

她正開口呼喊。她說，妳在那裡的話，就快點現身。

「……抱歉，公主。」

正當史賓認命地要鬆開抓住天花板的手指時——

「——等等。」

我將音量壓到最低限度制止道。

「她找的好像不是我們。」

這一次，我的眼眸捕捉到了。

平常難以處理的感受型魔眼捕捉到微弱的魔力，從比偽裝者更後方的黑暗中傳回刺痛的反應。

慢了一拍之後，偽裝者背後的哈特雷斯露出微笑。

「嗯，時機有些糟糕啊。我本來評估君主不會在此，沒想到會碰見妳……不，這不是巧合。」

（……難不成……）

我用盡全力才克制住沒發出驚呼。

這個現實究竟打算塞滿多少情勢發展？我早已達到飽和狀態的大腦，幾乎因為登場人物的身分而爆炸開來。

「哈哈，我原本是打算來討回香菸的。」

新的聲音響起。

橙色的氣息從黑暗中分離出來。

放在夾克胸前口袋裡的眼鏡、一襲白襯衫的肩頭——啊，我的魔眼感應到的應該是那隻使魔吧——停著像是水晶工藝的蜉蝣。我並未直接與她見過面，那是格蕾、費拉特與史賓兩天前曾遇見的魔術師。

蒼崎橙子愉快地注視著使役者與她的主人。

3

我不知道要如何看待這個事態才好。

一方是境界記錄帶。

人類史的基礎，記錄在英靈座上的戰士之一。

一方是冠位人偶師。

現代魔術師的頂點，一度還被列入封印指定的女魔術師。

兩者皆為隔絕的神祕，存在本身就是被當成傳說談論的異形。單獨都足以震撼鐘塔的人物，竟然在現代魔術科的地下對峙，究竟有誰想像得到？

更何況……更何況，萬一雙方起了衝突，會發生什麼情況？

「這是第一次向妳正式問候呢，蒼崎小姐。」

哈特雷斯自偽裝者的背後行禮。

面對那個舉動，橙子保持一定的距離停了下來。

「我學生時期就聽過哈特雷斯博士之名。當時我幾乎沒有接觸過現代魔術科，事到如今覺得很後悔……不，但是，你讓我見識到很有意思的東西。」

橙子望向周遭，哈特雷斯歪歪頭。

「妳是指通往阿爾比恩的裂縫嗎？」

「別裝傻，前任學部長。你可是特地用寶具闖進這裡。裂縫始終只是一部分。比起才剛抵達的我，你應該更清楚這個地方本身具有怎樣的性質吧？」

橙子發問後，這次緩緩地走向側面。

她好像想從不同的角度觀察哈特雷斯與偽裝者的表情。

「比方說徬徨海波丹德斯(Baldanders)。比方說通向異界的無回之海(Bermuda)。」

她說出口的名稱，我也聽說過。

一個是與鐘塔及阿特拉斯院齊名，最後的魔術協會。一年僅會在現實中出現一次，盲信神話時代的魔術師群體。

一個是西歐著名的怪異，吞沒一切事物的深淵海域。

橙子喀喀的腳步聲在地下迴響。

「雖然兩者的原理不同，以結果來說與這次很酷似……啊，打個比方，就像碳酸水一樣，一顆咕嘟咕嘟浮起的氣泡。在消失後出現，在出現後消失。我愛喝的是玻璃瓶裝的甜膩汽水，現在日本瓶子裡還會放彈珠嗎？」

橙子懷念地瞇起眼睛。

「地上的人理版圖(Texture)，多半並未嚴格地決定出靈墓阿爾比恩這個座標。座標會搖動起伏，不規則地移動。這個座標的不確定性，就類似現代科學量子的動態吧。因為不依存現實，反倒可以無處不在。本來位於地下數十公里處的靈墓阿爾比恩的一片地形，同時也有可能存在於地表附近。

也就是說，雖然極度不合理，這片隔離的空間本身即在靈墓阿爾比恩內遊蕩。」

（空間在遊蕩——？）

那番話明明不管怎麼想都很不自然，卻讓我能夠接受。

我忽然想像著兄長在玩的遊戲。

隨機出現的特別關卡。有時是加分關卡，有時是必須與超乎常規的強敵戰鬥的額外關卡，雖然設計方向各有不同，都是要用與平常不同的步驟操作才會出現的空間。

如果此處也是那種地方呢？

「與阿爾比恩失散的氣泡誕生後消失，消失後誕生。像這樣誕生的氣泡與主體的阿爾比恩相連，同時在不久之後就會消失，因此鐘塔的魔術師和祕骸解剖局的生還者至今都沒有發覺。

不過，身為現代魔術科前任學部長的你知情。你知道這種氣泡會出現在舊校舍地下……我的推測怎麼樣？」

「嗯，妳果然很厲害。冠位人偶師。」

哈特雷斯的微笑毫無動搖。

然後——

「……公主。」

「……嗯，若是這樣，就證實了過去的現代魔術科（諾里奇）的走私嫌疑。」

聽到潛伏在黑暗中的史賓呢喃，我輕輕頷首。

哈特雷斯的資金來源，從以前開始就有許多不明之處。

在魔眼蒐集列車的魔眼拍賣會上提供資金支援伊薇特，在雙貌塔伊澤盧瑪以龐大的資金準備菩提樹葉。這兩件事花費的金額，都不是一般富豪隨手就能拿出來的。不過，既然存在這種空間，可以定期從阿爾比恩採集咒體，就沒什麼好不可思議的。

可是，我還有疑問未解。

為什麼哈特雷斯現在要前往靈墓阿爾比恩？

為什麼是這個時機，還不惜使用蹂躪斯拉的對軍寶具？

當那個疑問在我腦海中盤旋，哈特雷斯發問：

「那麼，蒼崎小姐。妳前來這裡有何貴幹？」

「嗯。我接了一點搜索的委託。雖然這種適合探索者的委託與我不怎麼契合，不過我得顧及世間的人情。委託內容是搜索你的弟子喔。」

橙子的眼眸直盯著哈特雷斯的雙眼。

「我想直率地發問。你把從前的弟子怎麼樣了？」

「妳說怎麼樣了是指？」

「我可沒問什麼困難的問題。我純粹是在問你，『他們曾是誰的弟子』，前任學部長？」

（……這是什麼意思？）

連我也難以判斷橙子這個問題的意義。

接著，哈特雷斯皺起工整的眉毛。

「真傷腦筋。」

他的表情，就像個作業被抓出錯誤的優秀學生。

相隔半晌之後，他以沉著的口吻回答。

「我告訴過他們，把自己的人生獻給最燦爛的事物吧。而他們擁有過與此相稱的燦爛事物。所以，雙方都得到了應得到的結果。」

「原來如此。那真是好極了。既然你說得到了應得的結果，那很不錯。不過，既然如此，你為什麼要前往阿爾比恩？為什麼離開學部長一職，花費十年引發這樣的案件？」

「理由很無聊。」

這一次，哈特雷斯臉上浮現淡淡的微笑。

「就算去問其他任何魔術師，大概都會說出同樣的回答。這個理由實在太過無聊——太過瑣碎。跟因為摘花時被尖刺刺到手指之類的理由相差無幾。」

哈特雷斯的聲音與平常沒有差異。

像摘花這種程度的理由。像因為摘花被刺到手指這種程度的理由。

我感到怒火中燒──你為了那種區區小事，傷害我的斯拉？

相對的，橙子拋出另一個新名字。

「你還記得名叫庫羅的弟子嗎？」

哈特雷斯的表情還是文風不動。

「包含失蹤者在內，你其他的弟子直到最近都還能追蹤足跡，唯有叫這個名字的弟子我沒查到情報。最後的情報大約是在十年前。在你離開鐘塔的學部長一職，引退的前夕。」

「…………」

一語不發。

在哈特雷斯與橙子之間，彷彿有肉眼看不見的利刃交錯。其性質與上次午餐會時，特蘭貝利奧閣下和我們之間的互動相同，不過，從兩人或許會實際展開搏殺這層意義來說，又截然不同。

「話雖如此，我也沒想到妳會出現。」

紅髮的魔術師切換話題。

「妳接下了誰的委託？特地找上冠位人偶師的某位人士？」

「沒那麼誇張。收到出於人情的乞求，我也曾在展覽會一角擺過人偶作品。這次也是受到那種無聊的情面所託……啊，從想成為什麼仙人的過去開始，我走得還真遠啊。」

「不過選在這個時機，對方應該是冠位決議的相關人物沒錯吧？」

「我沒有義務回答這個問題呢。」

橙子淺淺地笑了。

哈特雷斯停頓一會兒。

然後，他緩緩地說道：

「有些傷腦筋呢。依情況而定，新任學部長說不定會擺脫我設下的對策趕來……我這樣想過，但撞見妳卻是出乎意料。既然妳不肯回答，我也無法揭開手中的牌。」

「談判破裂嗎？」

橙子聳聳肩。

她正要掉頭——又停下腳步回頭發問。

「你沒打算放我回去啊？」

「妳說笑了。而且，妳太過聰明了點。對我而言，妳太重要又太危險，一個人就相當於整個鐘塔。如果方便的話，我想請妳再多說些話。」

「沒錯，就讓我試一試所謂現代的魔術師吧。」

烈焰在偽裝者的雙眸中翻騰。

唯獨這一點好像也出乎哈特雷斯的預料，他輕輕暫停呼吸望向身旁。在他目光所及之處，偽裝者得意地揚起嘴角。

「糟糕。我點燃了戰士之魂嗎？」

橙子抬頭仰望天花板。

彷彿在說儘管預測到了，但那是她唯一想避免發生的情況。那個動作宛如在高呼自己的確在玩火，但並不想釀成真正的火災。

「那麼，無可奈何。」

喀嚓聲在橙子搖頭的同時響起。

她甚至沒有詠唱。正因為如此，哈特雷斯與偽裝者才會疏於防備吧。

大量的魔術文字——盧恩符文突然包圍兩人，散發光芒。我的眼睛告訴我，那道軌跡與橙子先前走過的路線相符。

（難道說，她剛才用腳踝刻下了符文！）

那到底是何等驚人的絕技？

「我把以前製作的生產符文的符文拿來應用了。自從返回倫敦後，我就會隨身攜帶多一點符文。」

符文魔術是一度斷絕的魔術。

現代的魔術師無法挽救連同魔術基盤一併衰退的術式。眾人本來以為符文魔術僅會在極少數家系中還殘存昔日的碎片，走向漸漸消失一途。復興這門魔術的人，就是蒼崎橙子。

鐘塔憑藉這些偉業認定她為冠位。

現在，她的腳踝所刻下的盧恩符文正以倍數逐漸增加。數量在轉瞬間達到一百，又超過一千，冠位的符文魔術徹底覆蓋住一對主人與使役者。

「不好意思，雖然是大量生產品（Mass Production），希望兩位能夠收下這個。ᚨ（Ansuz）之炎。」

在盧恩符文中，火焰一般而言會以ᚲ（Kaunan）來表示。

不過，在尊崇神祕的情況下，則會刻意使用ᚨ。那個時而代表言語，時而代表神祇本身的盧恩符文，能夠依據術者所認知的神變化為萬物。

腦海中浮現雷神就變化為雷，浮現炎神就變化為炎。

那麼，那就並非單純的火焰，而是為了焚燒使役者這種強大的神祕選出的符文——！

在猛烈的火焰風暴中——

「偽裝者。」

我彷彿聽見話聲響起。

接著，是短短的一句話。

「病風（Aello）。」

一陣風吹過地底。

一觸及那股不吉之風，數量膨脹到多達數千的符文之炎當場熄滅。

「以神之名焚燒英靈這個主意很好，數量也無可挑剔。不過以那個術式來說，妳不認為直接喚起神之片鱗的我會更加有利嗎？」

這是因為偽裝者的語言與現代魔術師不同，她是可以直接借用零星神祇權能的神話時代魔術師嗎？即使脫離神話時代，許多自然現象都喪失了作為神靈的形態，締結過契約的神話時代魔術師，如今依然可以行使那股力量。

若是在神話時代習得一身魔術的使役者的話——！

相應地，她沒有給橙子足以啟動新魔術的空檔。

「霪薇（Nereides）。」

若方才唸出的名字屬於希臘神話中的鳥身女妖（Harpy）——繼承神之血的怪物，我記得這次的名字是希臘神話中代表水之女神的總稱。

空氣中的水分當場凝固，束縛冠位魔術師的四肢。

「哈哈！神話時代魔術師的高速神言嗎！」

遭到束縛的橙子笑了。

「無視神祕的強度與階梯，詠唱一小節(One Count)就能施展所有魔術！這與其稱為作弊，已經算是一種Bug了。不，從原義來看應該是相反的吧。」

然而，在遭到束縛之後，她仍未停止行動。

橙子發出一聲尖銳的口哨。

在掀起符文烈火之際，她的下一步多半已經準備完畢。當口哨聲傳遍四周，水晶蜉蝣停在橙子的肩膀上。不只最初的那一隻，蜉蝣陸續聚集，像一座水晶塔般點綴著橙之魔術師。

於是，水晶的群體轉換了形態。

那就宛如砲門。

一隻隻蜉蝣化為零件聚集起來，化為幾道巨大的砲門，向偽裝者與哈特雷斯露出獠牙。

「雖然神話時代的魔術師不可能知道，現代流行過變形合體的玩具喔。在英國的情況怎麼樣？」

「市面上應該出現過變型金剛的玩具吧？我記得那個系列應該是在妳的國家誕生的。」

聽到哈特雷斯的回答，橙子閉起一邊眼睛。

「謝謝。我多學到了一件事。」

魔力集中於砲門，同時發射。

受到精密控制——帶著猛烈能量的魔力團塊。

面對那股凝縮的魔力，哪怕是使役者也會遭受重創。更何況是作為主人的哈特雷斯，雖然是優秀的魔術師，也只是普通的人類。一旦被如此猛烈的魔彈擊中，必將喪命。

風聲轟然呼嘯。

炸裂的魔彈，掀起一陣龐大的粉塵。

當那股在物理上發生的威力震動地盤之際，我的魔眼看見了。

從粉塵之內如颶風般疾馳而過的身影——偽裝者的英姿，以及毫髮無傷地站在她背後的哈特雷斯。

面對這不可能發生的結果，立刻看穿謎底的橙子發出呻吟。

「——是反魔力技能！不對，是固有技能嗎！」

那個技能多半是她擔任伊肯達的替身，將所有詛咒誘導向自己的生涯的具現化。原本瞄準哈特雷斯的魔術大幅偏離軌道，朝偽裝者一個人湧去。

在疾馳的同時，她所佩戴的護身符(Talisman)碎裂。

那也是她生前為了保護伊肯達製作的護身符嗎？威力理應足以傷害使役者的魔彈，在護身符之前化為僅僅吹動髮絲的涼風。

「了不起的魔術精密度。」

使役者說道。

「無論是構想也好，臨戰之際的覺悟也好，都只能讓人感嘆。以術式的靈巧度來說，應該遠在我之上。妳是實力足以推薦給吾王的魔術師。」

對她而言，那無疑是最高級的讚美。

「——可是，很脆弱！」

地底的空氣被豁然切斷。

偽裝者犀利的一擊甚至沒有發出聲音——卻在即將擊碎橙子頭蓋骨時停住。

停頓在半空中的劍微微顫動。

接著，我發出呢喃。

「——幹得好，史賓。」

「是，公主。」

他簡短地回應。

阻擋英靈之劍的，是身軀纏繞著獸性魔術的史賓。

不，不光是獸性魔術而已。他擋劍的右手，以不跟獸性魔術產生干涉的形式戴著銀色的護手甲。

也就是——以托利姆瑪鎢的一部分加工製成的月靈髓液鎧甲。就在水晶蜉蝣變化而成的砲門發射魔彈後，我眼見魔彈被導向偽裝者，命令史賓插手戰局，操縱了月靈髓液。

「你……！」

「失禮了！」

野獸的咆哮直擊偽裝者的臉龐。

這同樣是獸性魔術的應用，一喝就足以震暈尋常的魔術師。雖未能讓身為使役者的偽裝者昏厥，但已足夠讓她一瞬間退縮，得到重整旗鼓的機會。

橙子與史賓一起向後跳躍，揮了揮手。

她好像在那幾秒鐘內解咒(Dispel)了偽裝者的魔術施加的束縛。她堪稱荒唐的本領還是那樣教人驚嘆。

橙子望向我，閉起一隻眼睛。

「雖然我想過你們會來，卻是在這種時機嗎？」

「哈哈，我認為不能錯過這個機會。」

我露出苦笑，搔搔臉頰。雖然自認躲藏得很謹慎，姑且不提偽裝者他們，我們似乎沒有瞞過這位冠位人偶師。

相對的，橙子抬頭，甚至拋出了要求。

「我很感謝。兩位可不可以順便保護我，不受那邊那個眼神可怕的戰士攻擊呢？」

「史賓，保持警戒。」

「是。」

史賓走上前，改變我們的站位。

我和橙子都不適合肉搏戰。只要偽裝者一逼近，我們瞬間就會人頭落地吧。地底現在也充斥著緊繃的緊張感，彷彿隨著被魔彈餘波炸開的焦土氣味一起緊握著我的心臟。

「可以請妳與我們聯手嗎？」

「當然可以。為了避免手邊的符文不夠用，我自認預先做過準備，不過神話時代的魔術師果然與眾不同。」

橙子停頓一會兒，彎起嘴角。

「基本上，脆弱是當然的。因為我是纖弱的淑女呀。但是——總比被評為老舊好一點。」

「真希望妳別愉快地說這種話。」

「不好意思，我不可能不感到愉快。」

橙子乾脆地說。

說得也對。只要是正經的魔術師，比起自己的一條小命，理所當然更重視此刻初次目睹的神話時代的神祕。

神話時代的魔術師與現代魔術師就是如此截然不同。

方才的高速神言便是一個例子。現代魔術無論如何都會受到數種形式束縛。從只是注入魔力的一行程（Single Action）、一小節（One Count）到十小節（Ten Count）的簡易儀式，我們能夠行使的魔術透過這種形式被自動規定了所達的「深度」。橙子的符文魔術光是預先完成了這些準備，或許反倒更費時費力。

然而，神話時代的魔術輕鬆地超越了這樣的制約。

用寥寥一語顯現的魔術，深度達到了欺騙世界的簡易儀式程度（Ten Count）。正因為如此，偽裝者也只用一句話就破除了橙子發動的大量符文。因為作為魔術的深度既然不同，那不必比較術式的精度與硬度，矛盾的現象就會遭到覆蓋。

兄長與格蕾在那輛魔眼蒐集列車上與她交手時也一樣，未能發揮出身為魔術師的實力就被壓制——

「艾梅洛閣下II世的弟子們嗎？」

哈特雷斯從使役者的背後低聲呢喃。

「正是如此。請記住我是資歷最深的在學生史賓·格拉修葉特。」

史賓強調著資歷最深這一點，這麼說道。

雖然和同屬資深在學生的費拉特入學時間很接近，這一點差距在他們之間似乎很重要。月靈髓液之鎧配合他的獸性魔術細微地流動變化，宛如銀毛般在他的手臂上起伏搖曳。

「——唔！」

配戴鎧甲的手臂突然一閃。

我未能察覺偽裝者的逼近。

接著，堅硬的聲響兩度，不，三度響起。那連綿的回音，說不定是多達數倍的打擊造成的。

史賓以身為魔術師也「強化」至超越界限的反射神經，如此多次迎擊了欺身而上的偽裝者揮出的利劍。昔日我的義兄——肯尼斯．艾梅洛．亞奇伯所創造的月靈髓液之神祕，甚至能與使役者之劍抗衡。地底火花四散。

史賓的身體多次跳躍。

單論速度，史賓勉強略勝一籌嗎？我的眼睛專注地追逐著那令人目不暇給地在地底跳躍的影子，一邊感受史賓的狀況，一邊即時微調月靈髓液之鎧。我和史賓本人都默默地理解到，將史賓的性能發揮至極限，是凌駕於使役者之上的唯一方法。

（——抱歉，我的兄長！）

他交代過我，一旦遇見哈特雷斯或偽裝者就要立刻撤退。可是，我不可能在這種情況下照辦。雖然是插手介入蒼崎橙子與哈特雷斯剛好敵對的場面，我直覺地領悟到，再也沒有比這更好的機會。

同時，再也沒有比這更大的危機。

偽裝者朝著來來回回的影子中心揮劍。

我覺得那只像是隨便揮下的一劍。

剎那間翻飛閃過的劍鋒，令半空中濺起鮮紅的飛沫。

我在數秒後才理解，在地底的黑暗中出現的赤紅斬線，是史賓側腹被割傷的證據。連月靈髓液之鎧也被寶劍從正面切開。

「史賓！」

「啊啊啊啊啊！」

領悟到自己被對手逮著的史賓直接發動反擊。

他操縱神經與血管周邊的肌肉盡可能地阻止失血，揮舞水銀之爪。獸性魔術配合艾梅洛的至高禮裝，具備切割鋼鐵的威力與速度，還有足以損傷靈體的神祕。

偽裝者的劍準確又冷靜地捕捉並彈開憑藉猛獸的野性從所有角度襲來的利爪。看起來明明沒用多少力氣，卻讓爪子被彈開的史賓一瞬間腳步踉蹌。

不只如此，她還用輕描淡寫的步法迴避從周遭發射的支援水晶蜉蝣魔彈，或是用一句高速神言將之破除。

「…………！」

我輕輕倒抽一口氣。

我應該已經知道，偽裝者是神話時代的魔術師，也是經歷過古代戰場的卓越戰士。然而，我真的明白她有如此精湛的能力嗎？

一聲特別尖銳的高音響起。

「……他的學生裡也有相當有趣的傢伙嘛。」

寶劍與水銀之爪架在一塊，偽裝者開口。

她的聲音十分嘹亮。在沒有通訊技術的古代戰場上，那對將領而言應該也是不可或缺的資質。

「過去在東征途中，我也遇見過讓獸性降臨自身的魔術師。唔，印度河的咒術師很難對付啊。當時要是沒有那個小鬼頭帶路，應該會更辛苦吧。哈哈，他帶來當伴手禮的當地特產酒很好喝。吾王因此喝得爛醉，後來可是麻煩得很。」

「…………」

我調整環繞史賓的月靈髓液，同時回想起某個傳說。

那多半是在伊肯達東征的時候。在調查兄長的資料時，必然地也有機會調查他召喚過的英靈，那名英靈應該有類似的逸聞。

有些文獻記載，傳說當時帶路的年輕士兵，正是日後在古印度建立孔雀王朝的旃陀羅笈多，在這種小故事裡也不時浮現作為世界基礎的碎片，證明了伊肯達是一名非比尋常的英雄。

而我眼前的境界記錄帶，正是其替身的重現。

「所以，當時我也是『這麼做』的。」

在下一瞬間，女子的眼眸蘊含魔力。甚至超越一小節，僅僅灌注魔力就發動的一工程。

——直到現在都還無法好好控制的卑微魔眼不可能與之相比。

即使不到寶石或黃金等級，其本身即堪稱偉大神祕結晶的高貴之色。當然，像我這等強制的魔眼。

我的身體完全靜止不動。

史賓也一樣，保持著獸性魔術和水銀之鎧的狀態停止下來。

「可惜。實在可惜。」

偽裝者呢喃。

那不是諷刺，從她的聲調流露出由衷的遺憾。

「如果至少再經歷過十幾二十場戰役，你應該能多頑抗一會兒。只要在兄長的部隊裡待個半年，明明就可以成長為包含小規模戰鬥也能應對的人才了。」

她所說的兄長，是真正的赫費斯提翁嗎？

接著，正要揮劍的偽裝者也靜止不動。

她抬起目光。

看向史賓的後方，我的身旁。

「——我自認，這是現代的答覆之一。」

橙子一隻手撥起長髮，同樣「注視著」偽裝者。

領悟到那個意義，我吞了口口水。

蒼崎橙子的一邊眼睛炯炯生輝。

「——單論魔眼的等級，沒什麼大不了的。」

偽裝者低語。

「是啊。不過，妳現在『不會冒出想行動的念頭』對吧？」

我並非看著橙子的眼眸。

不過，我看見了那裡有什麼樣的魔力在運作。

（那是什麼——）

那可以稱作超高精密度魔眼嗎？

如果我的認知無誤，魔眼的內側存在著「鏡片」。而且數量不是一兩片。大致一算應該也超過二十片的鏡片分別達成各自的任務，飛躍性地提升魔眼的精密度。結果使得魔眼壓制了位階更高的偽裝者的魔眼，制止了她的行動。

「現代的相機與投影機，基本上都會使用複數鏡片。將聚焦與校正工作分配給不同的鏡片群處理，透過疊合影像組成更高性能的一個鏡頭。我試著在魔眼內用魔術虛擬構築了鏡片。啊，治療青光眼與白內障時也會在眼球內放置鏡片，在現代科學中是種普及的做法喔。」

然而——

「真傷腦筋。我也沒有完全擋下攻勢。連魔力都沒辦法正常運轉了。」

橙子低頭看著雙腳。

被封住行動力的人不只偽裝者而已。偽裝者的魔眼同樣鎖定橙子，讓她僵住不動。作為橙子使魔的水晶蜉蝣群也失去力量，當場掉落在地上。

然後，另一名魔術師在偽裝者背後緩緩地點頭。

「……喂喂，難道……」

「看來偽裝者的技能也將魔眼的詛咒導向她了。」

她的技能連魔眼也能吸引過去嗎？

生前曾守護伊肯達不受任何詛咒侵害的稀代異能，在現代的地底也正確地發揮了作用。那種技能甚至保護主人避開冠位人偶師的陷阱，讓我們像這樣感到絕望。

哈特雷斯抬起手指碰觸偽裝者的背部，輕易地解除了魔眼的效果。

「因為那個消瘦的魔術師曾用類似的欺詐手法，破解過我的魔眼。」

聽到偽裝者唾棄地說，橙子皺起眉頭。

「原來如此，這應該要找艾梅洛II世抱怨嗎？細心地教會原本實力就更強的敵人詐術，那可怎麼辦？」

嘖！橙子嘶嘶嘴。

然後，偽裝者輕敲劍身。

「好了，我應該直接用這把劍砍下妳的腦袋，還是命令妳自盡更好？可以強制下達的命令雖然範圍很廣，要是說什麼太複雜的命令，妳很可能趁這段時間製造新陷阱。」

「得到妳給予高度的評價還真是榮幸。作為魔術師，光是這樣我就心滿意足了，痛快地砍下我的頭吧。」

「——偽裝者，別殺她。」

哈特雷斯插嘴介入兩人的談話。

「那是陷阱。蒼崎橙子手中有用自身的死來發動的王牌。如果在這裡發動，我和妳，還有如今的現代魔術科成員很可能都會一起喪命。」

「唔。」

偽裝者的劍停了下來。

橙子輕聲嘆息。

「嘖！你看到了在伊澤盧瑪發生的所有經過吧。」

「有機會目睹冠位魔術師的精湛本領，是絕無僅有的光榮。雖然消耗掉的咒體有些可惜，既然是用在那麼精妙的魔術上，那也無可奈何。」

我們已經查明，哈特雷斯在作為伊澤盧瑪一案開端的菩提樹葉咒體拍賣會上提供過資金。

哈特雷斯多半也用某種方法監視過伊澤盧瑪的案件。當然，他應該也設想過像這樣發生戰鬥時需要的對策。

「你們的目的，並不是毀滅現代魔術科吧？」

橙子以和平常一樣的口氣發問。

就連處在這種走投無路的狀態下，女魔術師的態度也看不出這一類的焦慮。她反倒像是在說，既然彼此以魔術交手打過招呼了，現在應該是反覆議論考察的時候，流露出某種分不出是傲慢或真摯的意味。

「如果是的話，只要用剛才那輛戰車蹂躪整個區域就夠了。在現代魔術師中，能夠應戰那麼強大寶具的人本來就寥寥可數。更何況是面對正在四處奔馳的神話時代戰車，根本束手無策。你們為何不這麼做，而是前往阿爾比恩？」

「妳認為理由是什麼？」

哈特雷斯用問題來回答問題，無邪地笑了。

那個笑容不帶邪念，實在不像曾在鐘塔擔任主要學科學部長，與諸多君主及貴族交鋒過招之人會有的表情。

與他對峙的橙子，露出極具鐘塔特色的表情發問：

「剛剛也是這樣。如果你只是覺得我們礙事，用那輛戰車輾死我們就行了。之所以沒那麼做，純粹是魔力不足……這應該有一部分的影響，但我還是認為不可能只有這個理由。」

她停頓一會兒，又往下說：

「你還沒有回答我關於你弟子的問題吧？」

「…………」

「雖然之前說不出口，據說今天祕骸解剖局出現了屍體。好像是你的弟子卡爾格。對於那具屍體，我有一個解答。」

「果然，唯有妳很可怕啊，蒼崎橙子。」

哈特雷斯感慨地開口。

「偽裝者，給予她凍結處置。」

「好吧。」

他決定不殺橙子，像這樣用魔術處理她嗎？這一次，偽裝者打算喚起什麼樣的神祇之片鱗呢？

她緩緩準備唸出什麼。

剎那間——

「——就是這裡！」

「托利姆瑪鎢！」

面對我的呼喚，史賓身上的水銀之鎧「單獨」活動了。

沒有眼睛的月靈髓液，並未受到偽裝者的魔眼控制。那些水銀形成刀刃重擊偽裝者的側臉，迫使那名使役者短暫地眨眼。

使役者因為衝擊而恍神了短短一瞬間。不過，有那一瞬間就夠了。墜落在地上的水晶蜉蝣群全數復甦飛起。

蒼崎橙子的使魔復甦了！

先前合體化為砲台的使魔們再度分裂，這次發出奇怪的光芒，在地面「映出巨大的影像」。

「妳讓我見識到了好東西。那麼，我應該要回禮吧。」

橙子呢喃。

我好像聽見她的腳邊傳來異樣的叫聲。

或者是我們的耳朵只能認知為叫聲的某種事物。

在雙貌塔伊澤盧瑪，我與格蕾接觸過蒼崎橙子的使魔。當時她操縱的是放映機投射出的剪影之貓，相隔幾個月後，這個天才已經研究出下一個魔術了嗎？

也就是不依靠單一一台的放映機，改由複數放映機型使魔投射出新使魔這種離奇古怪的驚人絕技。

宛如從地面剝離一般，異形的影子浮現在三次元中。

「好了，這次妳會如何回應，神話時代的魔術師？」

橙子充滿自信地宣言，動了動單邊的眉毛。

回應馬上化為襲擊我們全體的異變出現。

「——地面在搖晃！」

地震。

不，那並非單純的地震。英國本來很少發生地震，不過我的眼球認知到，這陣晃動並非單純的物理現象。雖然遠遠不如偽裝者的高貴之色與蒼崎橙子集結現代精華的積重魔眼，我的眼睛勉強看出了魔力的變化。

「轉移的時候已經到了嗎！」

哈特雷斯的表情出現一絲波動。

「偽裝者！脫離阿爾比恩的這個地方，即將回歸阿爾比恩。這樣下去我們會被拋下的！」

「嘖——！」

使役者咂嘴，在黑暗中驅動戰車。

她跳上也許是因為地下空間狹窄而未用來戰鬥的戰車，朝骨龍甩動轠繩。戰車立即衝向空間的裂縫，橙子投射的影子使魔異形的身軀卻也飛掠而過。

直到最後，我都不知道那個異形具有什麼樣的能力。
不過，影之爪確實劃傷了神話時代的戰車。
「蒼崎……橙子——！」
有東西在地面彈跳。
反射著微光，小小的金屬碰撞聲一直延續到我腳邊。
「……金幣？」
那無疑是古董。
金幣的表面浮雕著某個人物的側臉。可是，戰車上為何會載著那樣的東西？
我還來不及思考這個疑問，異變更進一步加速。
地底本身晃動搖曳起來。簡直就像從惡夢重返，就像從水中浮起前的一瞬間，世界明滅、收斂、躍動、崩壞、再次構築、熊熊燃燒、凍結，孕含著那一切躍入我的眼眸。
「啊……！」
「公主！」
史賓的吶喊遠遠傳來。
一騎使役者與一名主人的身軀跳入裂縫另一頭，我的世界同時粉碎得無影無蹤。

✦ 第二章 ✦

1

老師與我茫然地注視著那片景象。

就像經過轟炸一樣。

路上的建築物粉碎，一些巨大的瓦礫刺在地面上。一看就知道，那不是純粹由魔術造成的結果。以破壞力而言，應該能匹敵閃耀於終焉之槍（Rhongomyniad）。

我如何相信這裡是斯拉呢？

我約半年來一直學習的校舍，如今幾乎變成廢墟，也近似於慘遭蹂躪的戰場。與我們熟悉的斯拉的共通之處，頂多只有符合倫敦近郊特色的冬季潮濕冷風吧。

「——偽裝者……是嗎？」

老師發出呻吟，側臉看來宛如死人。

「是偽裝者和哈特雷斯，造成了這一切嗎？」

他一個字一個字地說出口。

他搖搖晃晃地往前走，露出隨時可能崩潰的表情注視著每一塊粉碎的瓦礫，按住胸膛。

這個人會不會是玻璃做的呢？我不禁冒出奇怪的念頭。因為，他看起來隨時都會粉碎。

街道旁邊傳來呼喚老師的聲音。

「教授！」

「費拉特！」

老師慌亂地奔向開朗揮著手的費拉特。

對於這位總是伴隨麻煩一起出現，將整個教室拉進騷動中的少年，老師或許是首度露出這種神情。種種情緒摻雜在老師臉上，但他還是迅速地問：

「出了什麼事！其他學生和講師怎麼樣了！」

「我想想，我依照小萊涅絲的要求，將學生都帶去避難了。雖然不清楚前去調查的史賓和小萊涅絲的情況，其他人包含講師在內都平安無事喔。」

「萊涅絲的指示嗎……！」

正當他們說到此處——

「……喔喔，你來了，II世。」

來者留著一頭變稀疏的灰髮與山羊鬍。穿著皺巴巴的西裝，像個和藹可親老爺爺的那名人物向老師攀談。

他是夏爾單老先生。

從最早期便開始在老師重建的艾梅洛教室教書的二級講師。

「老先生也平安無事嗎？」

「哈哈哈。因為你交代過要強化斯拉的防禦吧？設施裡的人員幾乎都沒有受傷。」

聽到夏爾單老先生這番話，我不由得眨眨眼。

原來老師還採取了這種措施嗎？

為了對抗哈特雷斯，老師應該思考過所有想得到的策略。這想必也是其中之一。

即使如此，老師的表情絲毫不見喜色。

他向夏爾單老先生致意，同時再度詢問費拉特。

「那麼，費拉特。史賓和萊涅絲去調查哪個地方了？」

「他們……追逐從天而降的亮光，前往了舊校舍。」

少年的回答，讓老師面如死灰地注視著舊校舍。

老師直接搖搖晃晃地邁開步伐，我慌忙拉住他。

「不行啊，老師！明明不知道發生了什麼事！」

「我怎麼能不去！那是我的義妹與我的學生！」

他面無血色，卻堅決不肯停下腳步。明明才剛在那個地下室面對過伊肯達的召喚這種難以接受的事實，老師依然反抗著。恐懼與衝擊與義務感摻雜在一塊，他明明應該什麼也無法思考，唯獨紮根在身上的生存方式正在驅動他的身體。

對於這樣的老師，另一道聲音響起。

「……唔，你這麼深愛著我，讓我害羞得臉都快燒起來了，可惜的是，在舊校舍裡找不到我喲。」

「萊涅絲小姐！」

看到從背後出現的少女，我以為心臟要停了。

「嗨，格蕾。」

萊涅絲輕輕揮手。

「哈哈哈。雖然情況相當危險，史賓護著我設法逃出來了。嗯，儘管史賓正在接受治療，總之我們都沒事，希望你們放心。」

嗚！萊涅絲說完之後發出呻吟。

因為我一把抱住了她。

「等、等等，格蕾。」

「太好了……太好了……」

我怎麼也忍耐不住，用額頭抵著少女的肩膀。這不是幻覺，她的柔軟與體溫傳達過來，讓我滿心歡喜。雖然對於淚水弄髒了她的衣服感到很抱歉，唯獨那一瞬間，我顧不了那麼多。

「那個，呃……」

萊涅絲語塞了一會兒。

「……抱歉。」

我總覺得是第一次聽見萊涅絲這麼說。輕拍著我的背的，應該是她的手。她的掌心很溫柔，彷彿在貼近我的每一分情緒。

然後——

「還有另一位訪客。是兄長上次見過的人。」

她抬抬下巴。

看到那個人，我和老師都雙眼圓睜。

因為蒼崎橙子就靠在半崩塌的牆邊。即使掩蓋在建築物的陰影下，也能清晰分辨出的赤紅髮絲。她穿著深藍色的夾克，緩緩地注視過來。

老師設法嚥下驚愕，倏然行禮。

「看樣子，我必須向妳道謝才行。」

「事情自然而然就成了這樣。雖然我沒想到會遇見境界記錄帶。」

橙子深深地嘆了口氣聳聳肩。

照她的反應來看，代表雙方至少交過手嗎？這表示一介魔術師曾與那名使役者打得不分上下。我本來就覺得這個女性深不可測，沒想到居然到了這種程度。

「只是，我在伊澤盧瑪欠你一次，這下子就算扯平了。那麼，希望歸還我借給你的東西。」

「妳是說這個嗎？」

老師停頓一會兒，從西裝的懷中取出菸盒。

這讓我也終於發現，那是橙子在雙貌塔伊澤盧瑪案件結束時要老師保管的香菸。

「沒想到你會隨身攜帶。」

「為了不論何時碰面都能歸還，我做了準備……不，前陣子相見時的模樣，實在算是個例外。」

「真周到啊。」

橙子歪歪嘴角收下香菸，叼住一根菸。

老師點燃火柴遞過去，她緩緩地吸入煙霧，在品嚐過後吐出來。

「……啊，真糟糕。」

她指的明明是味道，卻說得像在評論更加不同的事物。

有好一會兒，煙霧在形同廢墟的斯拉冉冉飄盪。老師也沒有開口催促。

眼見她抽完一根菸後，他重新發問：

「發生了什麼事？」

「嗯，在舊校舍的地下。」

橙子用鞋尖敲敲地面。

「靈墓阿爾比恩就在那裡。」

「啊……？」

「雖然已經關閉了。要說很有游離空間的特色也沒錯。應該是出現時機相當短暫，時間也不規則的類型吧。該說能夠查出阿爾比恩的不固定空間會在這個時期出現，哈特雷斯博士的名聲當之無愧。我原本打算逼他坦白各種情報，他卻迅速逃進另一頭了。真是的，讓我花費那麼多力氣還打贏就跑，真有一套。」

對於橙子的話，我聽得懂的內容還不到一半。

不過，萊涅絲好像也碰到了同一種現象，不甘情願地點點頭。這表示那個異變對她而言非常難以接受吧。

（那麼，哈特雷斯他……）

使用寶具蹂躪斯拉，只是為了前往阿爾比恩嗎……？說不定是這樣。考慮到哈特雷斯是現代魔術科的前任學部長，他說不定不惜破壞這個可說是故鄉的地方，也要邁向靈墓。

（……我不明白。）

我切身地感受到，自己實在無法完全掌握魔術師的思維。

「無論如何，到了這個地步，只有利用那僅有四處的阿爾比恩正式入口才能追蹤他。現在的我沒辦法處理。」

橙子這麼說著，從懷中取出眼鏡盒。

一戴上眼鏡，她的口吻就和以前一樣變柔和了。
「那麼，你打算怎麼做？」
她問老師，瞇起在眼鏡底下的雙眸。
「我……」
老師說到一半，吞吞吐吐起來。
他扶著額頭，無力地搖搖頭。
「……我不知道。」
「老師。」
那聲音之脆弱，讓我忍不住插嘴。我覺得那聽來簡直就像是隨時都可能凋謝的花朵。
「我已經不知道，自己該怎麼做才好了……」
他用太過虛弱的聲音告白。
俯望著這樣的老師半晌後，橙子告訴他。
「真是個掃興的回答。」
那冷淡的話語，不像是戴眼鏡時的她會有的應對。
不，這樣反倒才適合吧。
即使態度隨著戴上眼鏡改變，她的本質也沒有變。就算優先順位略有變動，也不會影響她身為蒼崎橙子得出的結論。總之，對於老師現在的態度，不管哪一個蒼崎橙子都會這樣回答。

看著還是沒有任何回應的老師，橙子繼續道：

「你看見了什麼？」

「……為了答謝先前之事，應該告訴妳嗎？」

原來如此……聽著老師挑重點說明，橙子應聲道。

「有些地方有點出乎我的意料。受封印指定的衛宮的術式嗎？嗯，我聽說過。」

說到封印指定，橙子應該在某段時期也名列其中。正因為如此，她才對有同樣遭遇的魔術師及術式略有所知嗎？

「你當然知道吧。那麼，你推導出的答案有著欠缺之處。也就是，哈特雷斯博士打算以召喚出的伊肯達做些什麼——推論中缺少了那個答案。」

「……是的。」

雖然頷首，老師的聲音已經感受不到他的意志。

他在尋找萊涅絲和史賓時勉強鼓起的力氣，感覺已經完全耗盡，就像是燒完的蠟燭。

蠟燭可以替換，不過人類該怎麼辦才好？

「你已經無意追蹤哈特雷斯了嗎？」

「…………」

老師什麼也沒說。

他看起來也像正在竭力地按住隨時都有可能崩潰的身體。

橙子掉頭，看也不看他地開口：

「我也告訴你一件事吧。」

她留下這番話。

「你最好多留意一下在祕骸解剖局出現的屍體。」

她這句話多半具有重大的意義吧。我所知道的蒼崎橙子，絕不會說出沒有意義的話。

即使我無法理解，老師應該能充分領會那個意思。

「…………」

可是，老師依然什麼也回答不了，只是低垂著頭。

對此既未給予同情也未給予輕蔑，唯有橙子的呢喃留在遭受蹂躪後的斯拉。

「再見，君主。」

2

——整整一天過去了。

斯拉的復興速度出乎意料迅速。

魔術當然不用說，讓施工用重機具也進入建地，該說很有現代魔術科的特色嗎？據說這方面的工程會交由附屬於鐘塔的公司來進行，因此得以保守祕密。

然而——

老師幾乎不曾走出辦公室。

他首先一一確認學生與講師們都平安無事，分別慰問過每個人後，就關在辦公室裡足不出戶。後來頂多只以最低限度應對了為這次的騷動趕來的鐘塔辦事員。

一直追逐著老師身影的學生們，看到老師在慰問時憔悴的模樣，唯獨這一回和他保持了距離。因為老師臉上烙印著某種陰影……讓旁人不管多麼心懷仰慕，也無法輕易上前攀談。

結束治療後的史賓與費拉特，好像忙著應對那些學生。他們似乎與講師們一起重建教室、重新安排課表、重看學生提交上來的論文。姑且不提史賓，我很驚訝費拉特也意外地受到倚重，大概是他的直覺在難以完全計算出的部分能夠派上用場吧。

萊涅絲也忙於處理同樣的事務，只進過老師的辦公室一次，待了幾十分鐘就回去了。

然後——

「…………」

我甚至沒辦法踏進房間。

遇襲時的粉塵都尚未清理乾淨，我一直癱坐在辦公室前的走廊上。幸好有幾位學生與講師安慰過我，偶爾還會送來咖啡與巧克力，但我只能道謝而已。

連老師在哈特雷斯的工坊發生過什麼事，我都無法向萊涅絲以外的人好好說明。

「……你覺得老師能夠振作起來嗎？」

「嘻嘻！一般來說沒辦法吧。」

收在右肩固定裝置(Hook)裡的亞德回答。

「遇到那種打擊，哭哭啼啼個一年很正常，畢竟他最大的心靈支柱以最糟糕的形式遭到顛覆，那傢伙應該沒有足夠的精神力來處理這樁事了。」

亞德的說法現實無比。

我也覺得這才是正常的情況。

考慮到老師這次傷得多深，實在無法期望他振作起來。

——為討論靈墓阿爾比恩的再開發計畫，舉行冠位決議一事。

——哈特雷斯企圖召喚伊肯達一事。

——哈特雷斯與偽裝者突然襲擊斯拉一事。

——靈墓阿爾比恩的一部分在特定時機會出現於現代魔術科的地下，他們利用了這一點，潛入阿爾比恩一事。

每一件事都太令人震撼。

還有哈特雷斯的弟子失蹤，其中一人在祕骸解剖局慘遭密室凶殺等等，要做多少補充都可以。

一開始思考，過於龐大的訊息量就幾乎讓我失常。

更何況，對老師來說……

「那時候，尤利菲斯閣下那老頭說冠位決議將在三天後的二月二日召開——也就是明天了。沒辦法，只能扣掉那傢伙做好面對的覺悟了吧。」

「…………」

我無法回答。

胸中彷彿有石頭在滾動一般。

堅硬的石頭侵入體內，傷害著柔軟的部位。明明非得展開行動不可，疼痛卻阻礙著我，讓我甚至沒辦法站起來。

在短短數步之外的老師房間，宛如位於相距數千公里外的遠方。

「…………」

說起來，我不應該去見他吧。

老師有將自己關起來的權利。一個人付出那麼多努力，耗費那麼多心思，在一切等同統統白費後，即使大受打擊不肯出來，又有誰能夠責怪他呢？讓他安靜獨處到他本人能夠重新振作為止，反倒才是更加正確的行為不是嗎？

而我也是，坐在走廊上有什麼用？

這純粹是種依賴吧。如果為老師著想，為了替他重新振作時做好準備，我應該盡量推動狀況才對。費拉特與史賓與萊涅絲都正在這麼做。哪怕無法像他們一樣發揮作用，我或許也幫得上一點忙。

「……可是……」

我喃喃說出口。

即使理論上是這樣，我無論如何都無法接受。

不管最後目睹時，老師的神情有多麼強烈地拒絕他人，我無論如何都無法放下不管。

「可是，我……」

我的聲音在顫抖。

一直癱坐著的雙腿虛弱無力，不過，繼續坐著不動一定更加可怕。

我注視著一直面對的門扉，搖搖晃晃地起身。我鼓不起勇氣。我心中沒有那種東西。沒有也沒關係，我祈求身體在此刻移動。

我僅僅向前走出一步。

再一步。再一步——我祈禱著靠近那扇門。

心臟發疼。

因為，這麼做好可怕。一想到如果遭到拒絕會怎樣，我就快要死掉了。即使如此，我還是抬手敲門。

雖然沒得到回應，他也沒叫我不准進去。

「……可以……打擾一下嗎？」

我轉動辦公室的門把。

*

天花板很高。

不，這幾乎是天空了吧。

覆蓋放眼所及之處的頂罩，散發出種種色調不可思議的光。

無論從那種光、色澤還有空氣，都能感受到清新的氣息，多半是殘留在這片地底的神祕的影響。不，如果像蒼崎橙子所言，在現實中的座標不確定的話，將這裡稱作地底是否正確也很難講。考慮到在遙遠的古代，曾有地底即是冥府的時代，看成某種異界說不定更淺顯易懂。

靈墓阿爾比恩。

鐘塔地下更深處的地下。

豈止數百公尺，位於地下數十公里深處，在物理上不可能存在的世界。

（……話說回來，地底的天空嗎？）

就連陪伴那位旁若無人的國王時，她也沒見過這種景象。如果能將這段記憶帶回去，明明又會多出一件值得炫耀的事。

（……向那群背叛國王的混蛋炫耀嗎？）

她胸中熊熊燃起漆黑的火焰。

開什麼玩笑。

那股龐大的情緒，連她自己也無法控制。昔日她曾在同樣強烈的熱情驅使之下企圖征服世界，如今那些情報量替換為對昔日同志的憎恨。

自從被召喚到這個世界，得知同樣為國王效命過的夥伴們，為了成為國王的繼承者發生過殘酷的互相殘殺後，就變得如此。

繼業者（Διάδοχοι）戰爭。

當然，同志中也有如國王的書記官尤米尼斯等等與偽裝者合不來的人物。不過，她怎麼想像得到，無論王母奧林匹亞絲也好、諸位大將軍也好，所有人竟然都愚蠢到會持續上演以血洗血的戰爭。

即使引發戰爭的契機，是留下「由最強的人統治帝國」這種胡鬧遺言的王者本人造成的。

有人呼喚著。

「……怎麼了嗎，偽裝者？」

「別在意，主人。我只是稍微沉思。」

偽裝者揮了揮一隻手，垂下目光。

他們正在休息。由於鐘塔或許已經派人監視，他們並未進入採掘都市，按照哈特雷斯的指示移動。

她打開單手拿著的扁酒瓶瓶蓋，喝了一口。
用手背擦擦嘴唇後，吐出一口氣。

「好酒。讓我覺得神明駕臨了此處。」

「妳的神真大方。」

哈特雷斯的話，讓偽裝者露出微笑。

「那是當然了。無論混亂或混沌，都是神明的恩寵。因為人的理性再怎麼樣也無法遍及這個世界的一切，酩酊大醉是唯一的救贖。」

「……原來如此。聽到妳這位神話時代的魔術師這麼說，會坦率認同呢。」

「別說這種話。只論魔術術式的話，現代也不遜色。」

「所以，關鍵在於其他部分吧。就像連那位冠位人偶師，妳也說她很脆弱一樣。」

「當然是這樣了。」

偽裝者同意道。

「不過，我同時也感到很佩服。與其說等級有差異，現代魔術的差距已經大到一個次元的程度了。即使如此還對我們緊追不放，是因為在其他地方燃燒著執著。我無法想像，那個叫蒼崎的傢伙還隱藏著多少的手段。」

「……是啊。」

哈特雷斯也點點頭。

她最後準備使用的集合投射型使魔也是如此，簡直深不可測。突然從日本這種偏遠地區冒出來拿下冠位（Grand）的才能不用多說，更值得畏懼的，是她與神話時代的魔術師為敵也毫不退讓的精神性。

「正因為如此，我才想再多問一些，不過能在她打出新的祕密底牌前成功脫離，或許是種幸運。」

「就是說啊。我們的目的可不是擊退那種人物。」

偽裝者從鼻子裡哼了一聲，又喝下一口酒。

「再來只剩下在日期來臨前，突破那什麼大迷宮的必要層數而已了吧？」

「正是如此。不過，我讓妳浪費了比預期中更多的魔力。」

哈特雷斯惶恐地垂下目光。

她覺得他是個不可思議的主人。

在彬彬有禮的口吻下明明流露著魔術師特有的傲慢，卻又會不經意地展現如少年般的純真，和她曾效命的王者、信賴的兄長截然不同。因此，如今像這樣現界，一時效忠於他也還不壞。

當然，這個靈魂與王同在。

不過，要她短暫地聽從這名男子的話也可以……這個搭檔足以引起她的興趣，令她產生這種想法。從前的大軍中沒有這種類型的人。

所以，慰勞般的話語少見地脫口而出。

「覺得吃力的人應該是你吧？畢竟，我只得到大聖杯最低限度的輔助。儲蓄還夠用嗎？」

「我一路以來儲存了不少。」

「那就好。」

偽裝者輕輕頷首。

「我們的戰鬥正要開始吧？」

她說著仰望眼前的事物。

交纏的大樹，扭曲成類似門的形狀。

據說這就是靈墓阿爾比恩中的數個大魔術迴路入口之一。啊，坦白說，她愉快得不得了。

她正站在連那位王者都無法前來的另一個世界的盡頭。

那個事實，比起酒的滋味更令她的心為之沸騰

「目標是第幾層來著？」

「大魔術迴路第一百七十五層。雖然有幾條大捷徑，阿爾比恩內部隨時都在變化。即使是相對穩定的捷徑，狀況和以前相同的可能性也相當低。」

「很好。沒有這點難度可激不起我的幹勁。現代魔術師們也挑戰過這個地方吧？」

「話說在前頭，現代魔術師挑戰靈墓阿爾比恩時，會從正面迎戰的怪物頂多只有棲息種類的約兩成，其餘的根本不會交戰。他們著重於探索迷宮，發掘珍貴的咒體，與怪物戰鬥並非工作內容。雖然在那個前提下，有時也會設陷阱活捉怪物就是了。」

「喔喔，你明確地說了他們，而不是我們呢。」

偽裝者興高采烈地點點頭。

我們沒必要像現代魔術師一樣行動——哈特雷斯意在言外的暗示得到她的好評。

「正合我意。」

偽裝者愉快地咧嘴露出牙齒。

「走，侵略靈墓阿爾比恩吧，主人！」

3

門沒有上鎖。

在辦公室深處，老師深深地坐在沙發上。

他彷彿突然老了幾十歲。即使罹患不治之症也不會變成這樣。讓老師成為老師的精髓(Essence)，看來就像已被連根奪走。

他依然坐著，一直沒有移動。

頂多偶爾望向窗外，看看正在進行的復興工程。

「……老師。」

他沒有回應。

我有想過一定會是這樣。

所以，我沒有放棄地等待著。我以前也做過相同的事。如果這個人動不了、說不出話，至少我想等到那一刻到來。即使這個世界的盡頭來臨，即使世界在等待中突然消失，我也覺得那樣就好。

依照當時尤利菲斯閣下——盧弗雷烏斯所言，距離冠位決議開始只剩一天了。

如果，那個時刻就此到來，情況將會如何呢？

艾梅洛派會面臨解體的不幸遭遇嗎？不，要是哈特雷斯達成目的，鐘塔會有什麼下場？按照萊涅絲的說法，他形容自己的動機是無聊之事。可是，有誰能說瑣碎的動機無法帶來重大的結果呢？

更何況是召喚出超乎常規的使役者、企圖挑戰靈墓阿爾比恩的前學部長，有人可以預測他會引發什麼狀況嗎？

我感到心臟好像被緩慢地輕輕抓住。

我心神不寧，但唯獨現在，我想要等待。

不管需要多久，我要等到這個人有意說些什麼為止。縱使結果是這顆心臟因此破裂，雙腿無力到站不起來也要等下去，因為他給予過我的一切值得我這樣做。

在太陽大幅西斜之際。

「……在抵達那間工坊前，我就找到了最初的Whydunit。」

老師呢喃。

他以指尖撫摸沙發扶手，像台故障的錄音機般用缺乏抑揚頓挫的聲音說道。

「那就是哈特雷斯想祕密地進行這個案件這件事。」

「咦？可是，即使說要祕密地——」

這不是說不通嗎？法政科已經掌握了哈特雷斯弟子死亡的案件，消息也傳入老師耳中。

「這意思是指保密到其弟子的死亡案件與之後的斯拉襲擊發生『為止』。雖然他們在魔眼蒐集列車上高調地動手，那大概是唯一的例外。啊，當時他應該是當真打算殺了我們。除了那起案件，無論是其他弟子的失蹤案、以前參與伊澤盧瑪的地下拍賣會，或是他在魔眼蒐集列車上表明的曾監視第四次聖杯戰爭一事，哈特雷斯博士的行動都極其安靜。我曾以為那是出於認為神祕應當隱匿的魔術師本能，就算如此，在召喚了那麼強大的使役者後，他未免也安靜過頭了。」

光從內容來看，老師的發言一如往常地無懈可擊。

只是，從話語內感受不到他原有的基於才智的洞察力與細緻。徹底虛脫，卻無法完全卸下緊張感——矛盾的因素在老師心中糾纏停滯，結果僅僅重播起先前演算出的答案。

縱然如此，我依賴著那終於吐出的話語發問。

「……那是怎麼回事？」

「這代表他企圖去做的事，將會對魔術世界造成如此重大的影響。重大到一旦被人得知，鐘塔全體派閥都會出手阻止的程度。若非如此，大多數的事情只要用聽命於他的使役者解決就行了。因為在現代，幾乎沒有人是英靈的對手。」

「…………」

想起與她在魔眼蒐集列車上的那一戰，我顫抖起來。幾乎沒有人是英靈的對手——因為我深深地體認過那句話是事實。

而且，連史賓和萊涅絲與那位蒼崎橙子一起聯手，都無法攔下他們。這樣的話，我們所能做的事還剩下什麼？

我思考一會兒後，試著發問。

「……反過來說，如果是鐘塔，就有辦法阻止使役者嗎？」

「那樣局勢就會改變，女士。」

老師微微瞇起眼眸回答。

「舉例來說，偽裝者是神話時代的魔術師，她用她的方法將伊肯達駕馭過的戰車寶具操控自如。如果加上可以無限使用寶具這個條件，鐘塔的魔術師即使多人聯手，要阻止她也很困難吧。」

「要加上條件？」

「因為足以發動寶具的魔力，不可能無限地湧出。」

「……啊。」

當老師指出天經地義的事實，我愣愣地張大嘴巴。

「再加上如果遵守聖杯戰爭的規則，使役者還有主人這個弱點。要在保護主人的同時與鐘塔戰鬥，應該極其困難。奇襲說不定能成功一兩次，但也僅限於此。身為神話時代的魔術師，她在神祕上或許更為優越，但只要一度逼得她陷入守勢，可用的手段多得很。這裡提到的手段或許可以換個說法，稱之為人類的惡意。」

說到這裡，老師碰觸嘴角。

他眉頭微微地皺得更緊。就算只是重播早已得到結論的推理，也讓他產生了某些想法嗎？

「然而，哈特雷斯在這裡出牌了。」

老師的視線轉向窗外。

這次望著舊校舍方向。

「他也許是判斷即使現代魔術科發生一點狀況，鐘塔也不會有動作。實際上，其他學科應該早已在刺探這次的事情，不過暫時沒有前來窺探的跡象。然而，既然動用過寶具，事情就具有更重大的意義。」

根據萊涅絲告訴我的，史賓好像也針對哈特雷斯的行動做過類似的推理。

這代表他們師徒共享著同一個世界吧。我的腦袋總是跟不上他們的思緒，很羨慕這一點。

「總之，靈墓阿爾比恩正是他們的最終目的地。即使打出王牌，引起鐘塔的注意也不成問題了。只要他們越過那裡的採掘都市，連鐘塔也鞭長莫及。」

「…………」

最終目的地。

他們迅速地進入終點，前往無論偵探或任何人都無法追蹤的地方，前往他們的答案所在之處。而這正代表著他們已經勝利了。

在我們一頭霧水的時候，情勢已接近結局。

可是，那會在什麼時候，用什麼形式上演？

說到此處，老師再度靠回沙發上。因為他在抵達工坊得出的結論說完了嗎？我覺得老師會說剛剛那些話絕不是因為恢復了精力，只是在此處將先前沒排出的異物排出體外而已。

我並不難過，卻無論如何都感到心中發冷。

我想祈禱。

因為這個人一直以來這麼努力地奮戰。

雖然老師是魔術師，或許並不在一般人所說的意思上相信神，不過，起碼發生一個奇蹟不也很好嗎？沒錯，發生美好的奇蹟也可以吧。

正打算回憶起某些禱文時，我回過頭。

門口響起敲門聲。

老師遲緩地走過去，沒有拒絕訪客。

「現在方便嗎，艾梅洛閣下II世？」

出現在門後的人，是為難地皺著眉頭的夏爾單老先生。

「……怎麼了，夏爾單老先生？」

「哎呀～我剛剛從窗外看到，你的寄宿弟子好像在房間裡。」

老人低頭陪笑道：

「嗯，這個嘛。工程的進度還算順利。我按照你的指示拜託諾里奇卿給予援助，他爽快地接受了請求。再說損壞的舊校舍也長期沒有使用過……至於地下，我設下結界避人耳目，又找來能夠信任的人物把守。說歸這麼說，那裡現在看起來純粹是地面而已。」

「勞煩你費心了。」

老師低頭致謝，發言只有在字面上和平時相同，依然跟先前一樣缺乏抑揚頓挫。

即使如此，他心中一直處於緊繃狀態的某種東西稍微放鬆了一點。

夏爾單老先生緩緩地注視著老師的臉龐——

「……太好了。」

接著這麼說出口。

「你是指……什麼呢？」

「就是你願意讓你的寄宿弟子進門啊。否則，我也沒辦法像這樣踏入房間……嗯，實際上我還以為再也沒有人可以進入這個房間了。不過，她是你唯一沒有拒絕的人。我很感謝你建立了這樣的關係。」

「……哪裡的話。」

我實在不認為自己是這麼了不起的存在。

不過，我似乎完全接受了老講師沉穩的話語。那番話溫柔得令我想哭。因為那一定也是老師至今建立起的關係帶來的影響。

「……嗯、嗯。」

在連連點頭之後——

「所以，我要將這個也轉交給你。」

夏爾單老先生把做工扎實的杜勒斯包放在桌上。

他刻意用放慢的動作從裡面拿出一個極薄的信封。

「今天早上，我們收到這封寄給你的信。」

「信？」

我跟著緩慢轉動目光的老師轉頭一看，印著封蠟的信封反面上寫著寄件人的名字。

啊！我差點驚呼出聲。

「……亞托拉姆・葛列斯塔。」

那是代替老師參加第五次聖杯戰爭，應該已經落敗身亡的魔術師的名字。

＊

「老師……」

夏爾單老先生離開房間後，我在老師的催促下拆開信封。

裡面是一片銀色圓盤。

當然，連我也知道這是記錄媒體（Compact Disc）。

「看來裡面沒有電腦病毒。」

老師用辦公室的筆記型電腦檢查內容。因為其他學科的辦事員要是偶爾看到總會皺眉，筆電平常收在書架上。

「……這會不會是冒名設下的某種陷阱？」

我忍不住脫口說出無聊的意見。

因為亞托拉姆的名字在這種時機出現，太令人意外了。我會懷疑這是不是在鐘塔重重交錯的陷阱也無可奈何。

老師皺起眉頭回答：

「我並非電腦專家。剛才的病毒檢測，也只是最低限度地用防毒軟體掃描過一遍而已。若是一定程度以上的巧妙圈套，以我的水準是發現不了的。」

「有沒有能對電腦施加詛咒的魔術呢？」

「雖然一部分的現代魔術正在進行研究，在我所知的範圍內，距離完成還很遙遠。不過，亞托拉姆喜歡蒐集古怪的魔術與禮裝，說不定也接觸過這個方面。」

老師煩惱了一會兒後毅然點擊開來，螢幕上倏然映出人影。

一個我也很眼熟的褐色皮膚青年。

「沒想到是影片。」

老師沉吟。

當然，那是亞托拉姆．葛列斯塔。

在雙貌塔伊澤盧瑪與老師和費拉特他們交過手，幾天前應該已在遠東之地的聖杯戰爭中落敗身亡的魔術師。

真沒想到，會在電子螢幕上再度看到他的面容。

『喂，這個開始錄了嗎？』

亞托拉姆從螢幕裡指向這邊開口。

那個聲音也讓我嚇了一跳。

我忍不住揪住老師的衣袖，他以手背溫柔地摸摸我。

最後一次與他見面交談應該是在一個月前左右。螢幕中的亞托拉姆一點也沒變，露出自嘲的笑容聳聳肩。

他交疊十指，重新說道：

『嗯。那就好……好了，當你看到這段影片，很遺憾的是，這代表我在第五次聖杯戰爭落敗了。哈哈哈，真不像樣。自己宣言不會重蹈艾梅洛閣下的覆轍，居然被擊敗了。』

拍攝這樣的影片，代表當時他尚未確定落敗吧。然而，那自嘲的口氣帶著絕不容忽視的真實感。也就是說，亞托拉姆自己對聖杯戰爭抱著一些想法嗎？……比方說，讓他像這樣預測自己將會輸掉的想法。

無論如何，螢幕中的亞托拉姆直視著我們往下說：

『啊，我當然直到最後都會全力以赴。畢竟已經投資的金額可非同小可。沒錯，你說過吧。最好別小看聖杯戰爭。「本人」漸漸理解了那是什麼意思，也做好了挽回劣勢的準備。從現在起，我打算以更周密的準備投入戰局……不過，狀況確實變得有些艱難。首先，要將我和那個不值得信賴的使役者之間的契約……』

他面色凝重，清清喉嚨。

『我說得太多了。』

亞托拉姆顯得十分無聊地揚起嘴角。

『無論如何，如果我落敗了，我會安排好將包含這封信在內的許多通知送達給必要的對象。這是當然的義務。發生失誤時，哪怕在自己死後也要確實善後，這也是身為貴族的使命。』

我大致懂得那個道理。

雖然人格絕不值得稱道，亞托拉姆．葛列斯塔這名人物的精神性，作為魔術師與作為貴族都達到了完成的領域。當然的義務這句話並非謊言。正因為打從心底這麼認為，他才會準備這樣的影片。在他看來，不去做這些事才是不可思議的狀況吧。

亞托拉姆在此處停頓一下。

他用難以言喻的表情注視著這邊繼續說道：

『和你在伊澤盧瑪的那一戰，我打得還算愉快。作為貴族，當然應該答謝你吧。』

他這麼說著，看向旁邊。

『希望你收下這點謝禮。姑且不論其他君主，對於你這個全世界最弱的君主，應該會帶來一點幫助吧。』

在螢幕中，看來是侍從的女子遞上我們剛才取出這片記錄媒體的信封。

『對了對了。萬一我贏得勝利這封信卻送到你手中，到時候你就做好覺悟吧。我會傾注全力消滅它的。』

最後的逞強，實在太符合他的特色。

面對戛然而止的影片，我和老師都僵住不動。

並非因為亞托拉姆的話語。不，那當然也是一部分原因，不過這樣的反應是他最後在影片中的行動導致的。

老師再度取出信封仔細觀察。

「只是用『強化』的訣竅灌注魔力而已嗎？」

他說著灌注魔力，信封背面浮現文字。

「……這是？」

「…………」

老師也沒辦法立刻回應。

不久之後，他呻吟般地開口：

「他認為在聖杯戰爭中用不到吧。的確沒錯，在聖杯戰爭中用不到。可是……」

老師的話在此處瞬間中斷了。

「……可是，為什麼……要給我……這種東西？」

在空洞聲音的底部，有什麼在動搖。

那是直到剛剛為止的老師所喪失的事物。

那個事物還沒顯露真面目，敲門聲再度響起。

「夏爾單老先生。」

老翁十分抱歉地低下頭。

「哎呀，那個，雖然先前才說過那種話，但又有一位客人來訪。其他訪客我會出面應對，不過對方說除了你之外的人都不夠格……」

「怎麼了嗎？」

宛如銀鈴這種形容陳腔濫調，但那道嗓音正是如此悅耳。

來者是一名身穿藍色洋裝，正按著宛如梳理黃金本身般的那頭長髮的少女。

露維雅潔莉塔．艾蒂菲爾特，用比起剛才的亞托拉姆更傲慢一倍的眼神直盯著我們。

＊

「……我很吃驚。」

老師一手端著茶杯說道。

露維雅一派理所當然地要她的僕從準備了紅茶。

茶是由名叫克拉文的龐克頭第二僕從沖泡的。我也很久沒有見過他了。不愧是露維雅帶來的茶葉，香氣特別濃郁，讓人精神一振。

我也正在喝同一壺紅茶。

老師讓我和他坐在同一張沙發上。不過，望著面對面的露維雅和老師——我只是在一旁不知所措。由於夏爾單老先生將露維雅帶進來之後，立刻看起來很忙碌地離開了，救援身處遙遠彼端。

老師緩緩地抬起茶杯喝了一口茶，繼續說道：

「本來想著妳最近這陣子連旁聽也沒來，今天還真是突然。」

「是呀，如果是臨時居住也還罷了，想要正式遷居數年，有很多事情必須準備。」

這番話與剛才的亞托拉姆所說的有些相似。

正因位居他人之上，為所有事情預先做好準備是理所當然——他們如此認為。即使是自身死後之事，也不可發生任何疏漏。

這種思維方式或許跟一般魔術師有些差異，但的確是根植於他們核心的信念。

露維雅自己也喝起紅茶，同時說道：

「我打算在諾里奇宿舍租房間，今天是過來視察的。我打算暫且把整個最高樓層全包下來。」

那麼做和租房間不是相差很遠嗎？我差點插嘴，但在千鈞一髮之際忍住。

總覺得好久沒聽到她的這種發言了。

露維雅的視線轉向窗外。

「這裡變得鬧哄哄的呢。」

她開口道。

當然，她應該在一定程度上調查過斯拉發生的事情。她沒有追根究柢地問我們問題，僅僅逐一列出來意。

比方說，就像這樣。

「冠位決議的消息也傳入我耳中了。」

老師的反應停頓了一拍。

「……真不愧是艾蒂菲爾特。」

「你是不是想喊出我們的綽號呀？說我們是地上最優美的獵人。」

「這就隨妳想像了。」

也許是很滿意老師摻雜苦笑的反應，露維雅顯得有些懶洋洋地，如吟詠著一節詩篇般說道：

「當然，艾蒂菲爾特是不顧忌任何人的名門，但我們跟鐘塔的貴族們幾乎毫無關聯。即使屬於民主主義，也沒有任何人強迫我們做些什麼。至於魔術協會頒發的階位，我也不認為有多重要，不過那場會議無疑地將會左右魔術世界吧。」

她這番話在我的胸中留下深刻的印象。

因為她剛剛就像在說，不是只有鐘塔才是魔術世界，讓我感到非常意外。

「只是，關於這次的會議有一點可疑之處。」

少女補足道。

自紅茶水面冒起的熱氣，含蓄地遮住她長長的睫毛。

「可疑之處？妳是指什麼？」

「因為，由民主主義提案舉辦冠位決議，這說不通。畢竟在冠位決議這方面，鐘塔的民主主義派缺少決定勝負的手段……我說得沒錯吧？」

少女以確認當然之事的口氣詢問。

「……正是如此。」

老師也不甘情願地承認。

我來回看著他們兩人，瞪大雙眼。

我的確認為，這名少女有女王的氣質。一種在優秀的魔術師中，依然只有極少數特別者才具備的統治者資質。

可是，沒想到她連冠位決議的情況都很熟悉。

「……請問，那是怎麼一回事？民主主義派在冠位決議方面缺少決定勝負的手段？」

當我戰戰兢兢地發問，露維雅一瞬間轉動眼眸後，向老師優美地頷首。意思多半是「無妨，你就為她解釋吧」嗎？

也許是收到她的示意，老師緩緩地訴說起來。

「首先作為前提，在冠位決議上，當貴族主義決定全力以赴時，民主主義就單獨來說不成對手。」

「是這樣嗎？」

這出乎意料的話語，聽得我直眨雙眼。

不是因為兩者互相抗衡，各式各樣的陰謀才會在鐘塔展開的嗎？

「希望妳別誤會，民主主義派並非遠遜於貴族主義派。在爭奪金融與新聞等表面世界的權力方面，民主主義派在某種意義上更勝於貴族主義派。只是，在只有自古支持鐘塔的十二家能夠投票的冠位決議上，貴族主義在性質上比較有利。」

性質的差異。

從特蘭貝利奧閣下的發言也能明白，民主主義接納新世代的魔術師，企圖更進一步往前方邁進。

反過來說，這代表作為新興勢力，民主主義在傳統的冠位決議上略遜一籌嗎？

「舉例來說，當貴族主義首位的巴露忒梅蘿行動，事實上乃是他們傀儡的動物科（奇美拉）蓋烏斯凌克也會跟著行動。再加上同屬貴族主義的植物科（尤米納）安謝洛特也會如此。」

老師列出我不太熟悉的名稱。

蓋烏斯凌克與安謝洛特。

我記得曾在倫敦的鐘塔總部聽過幾次，但沒有確切地進入自己的意識中。那也是和艾梅洛與巴露忒梅蘿一樣的十二家家名嗎？

「將這些加上降靈科（尤利菲斯）與天體科（艾寧姆斯菲亞），貴族主義有五票。連同也算是貴族主義的艾梅洛派（我們）則是六票。其實十二家裡有一半屬於貴族主義。相對的，可以明確地稱之為民主主義的派閥，只有全體基礎科的特蘭貝利奧與創造科的巴爾耶雷塔。妳瞧，如果展開全面戰爭沒有理由會輸。」

「……真的是這樣。」

六對二。

我總覺得自己至今為此苦思，就像個傻瓜一樣。

「只是……」

老師補充道：

「只是，問題沒有那麼簡單。因為雖說是貴族主義——或者說，正因為是歷史悠久的貴族主義，內部才不團結。」

他一手端起紅茶，繼續講解。

「特別是安謝洛特便是典型的例子。雖然屬於貴族主義卻對媒體業十分熱衷，直到上一代為止還涉及軍需品產業。總之，當參加的人數增加就不知道誰會背叛，是貴族主義最大的弱點。」

「……是這樣子嗎？」

雖然在民主主義這邊，特蘭貝利奧和巴爾耶雷塔看來也不像必然團結一致，不過貴族主義的問題更嚴重嗎？

「還有，巴露忒梅蘿只有在緊要關頭才會行動。因為他們一旦行動，會對鐘塔造成很大的影響。再加上由於原本掌握絕對的權威，他們行動時絕不能輸。要是握有如此強大的權威還落敗，馬上會從容易對付的基層組織開始遭到攻擊。雖然那種程度的攻擊對於巴露弌梅蘿本家及直屬分家不痛不癢，但是作為龐然巨物，難以避免影響到基層的組織。

在這個局面中加上流動的中立主義派，貴族主義派有絕對的優勢卻並非必勝……成為鐘塔的現狀。」

「有絕對的優勢卻並非必勝……」

原來如此，像這樣經過整理，我腦海中終於浮現情景。

貴族主義如果團結起來便是無敵的，不過能不能團結要看情況而定。

「所以，大部分的冠位決議，巴露弌梅蘿都不想直接介入。他們不會改變『只是底下的人自己起了衝突』這種態度和立場。因為這樣一來不管是輸是贏，都不會損及巴露弌梅蘿的威信。」

「就是這麼回事。」

露維雅也點頭同意。

我要理解這些解釋就達到了大腦思考的極限，可是在他們兩人看來，這似乎只是前提中的前提。我感覺就像聽著西洋棋大師(Grandmaster)的對戰棋局解說，但對他們而言，恐怕是棋子走法這種程度的初階知識吧。

露維雅拿起一塊第二僕從克拉文端來的烘焙點心，品嚐了一會兒滋味之後——

「所以，既然屬於民主主義的特蘭貝利奧發起這場冠位決議，背後就有什麼內情。我本來是打算過來問問這方面的消息。」

她抬起眼眸。

與其稱作導師(Tutor)與學生的關係，這應該也是一種對等魔術師之間的交流吧。即使她已經決定要進艾梅洛教室——不，反倒正因為如此，她感覺總是在評估老師的斤兩。

「再說，你還有另一件事情對吧？」

「妳指的是什麼？」

露維雅注視著皺眉的老師，特別緩慢地切入話題。

「聖杯戰爭開始後，不到一個月就會結束吧。」

「連妳也談起那種事……」

彷彿在說打聽謠言可不值得誇獎般，老師姑且準備責備她，卻為了她的下一句話陷入沉默。

「因為艾蒂菲爾特也參加過第三次聖杯戰爭。」

「…………！」

沒想到竟然會從這名少女口中聽見這樣的發言。

第三次聖杯戰爭。

在老師參加過的第四次聖杯戰爭前一屆的戰爭。那麼，參加者是她祖母那一代嗎？

露維雅用優美無比的微笑回應老師回望的視線。

「哎呀，你不知道此事嗎？」

「……關於妳的情報，我自認在一定程度上調查過。」

聽到老師這麼說，露維雅輕輕點頭。

「這個嘛。從鐘塔的角度來看，或許意外地難以查明。艾蒂菲爾特認為未能在第三次聖杯戰爭完全拿下勝利很不名譽，沒有公開此事。對，而且另外還發生過一點醜聞。」

她一臉若無其事地說。

在以前的案件中，我切身感受過露維雅是何等強大的魔術師。那麼，她的祖先應該也一樣。光是知道連艾蒂菲爾特家都沒有獲得最後的勝利，就讓人窺見聖杯戰爭恐怖的一面。

她靜靜地直視著老師。

（難道說……）

難道說——我心想。

從第一次見面起，她對待老師的態度異樣嚴格。我還以為那是她性情如此，但這該不會是在過去聖杯戰爭中戰敗者的子孫，對最新一屆聖杯戰爭的生還者懷抱著複雜的感情而導致的？

露維雅有點愉快地閉上眼睛。

「艾蒂菲爾特以特殊的方法派出兩人參加，但最後只有其中一人回來。可是，你獨自參加聖杯戰爭並平安歸來了。沒錯，既然是我的導師，是應該達成昔日我家未能實現的成就。沒有這點水準那怎麼行。」

「妳還沒放棄找我當導師這件事嗎？」

「我至今不曾放棄過什麼，所以不知道放棄的方法。」

這句話不知是認真還是說說而已，露維雅將放在旁邊的皮包拿過來。

她從皮包裡取出小盒子遞給老師。

那是個點綴著寶石的別緻盒子。也許有某種魔力在運作，一顆顆寶石都蘊藏著不可思議的光輝。連我也看得出來，這並非單純的高級品。

「請你收下這個當作學費吧。」

「在現代魔術科，我們盡可能不收給予個別講師的學費。」

「這次應該是例外。請你看看。」

受到露維雅的催促，老師遲疑了一瞬後打開盒子。

「…………！」

接著，他渾身僵硬地瞪大雙眼。

「妳為何會有這種……」

「我是露維雅潔莉塔．艾蒂菲爾特。這個理由就夠了吧。要怎麼使用由你決定。當然，我也很期待你擔任導師的表現。」

露維雅英姿颯爽地起身。

「你以前說過，艾蒂菲爾特的魔術本質並非以價值為榮，而是使價值流通吧。」

在那座剝離城阿德拉，老師曾給過她建議。

那是她要求老師擔任導師的契機。

現在，露維雅清楚地這麼告訴他。

「正是如此。我透過這筆學費使價值流通了。就讓我好好看清楚，收下這份價值的你會給出什麼樣的答案吧。」

她靜靜地邁步離開。

她沒有回頭。打從一開始就決定自己要做些什麼事，辦完就沒有理由留下——一種已將自己的時間奉獻給比自身更重要的事物，屬於貴族的舉止。

站在鐘塔的角度，艾蒂菲爾特的定位應該是局外人，她的精神性卻遠比他們更具貴族風範，我覺得在某種意義上很諷刺。

僕從克拉文跟著露維雅在鞠躬後離開，只剩我與老師留在房間裡。

「……老師。」

「…………」

將手中的寶石盒放在桌上，老師依然渾身緊繃。

他坐在沙發上注視著盒子良久，這次取出亞托拉姆的信封。老師凝視著放在盒子旁的信封好一會兒。

不久之後，沙啞的聲音掠過桌面。

「我……」

宛如滴滴答答落下的雨點，他開始說話。

「我……沒辦法湧起……阻止哈特雷斯的念頭。我的夙願無可救藥地與他重疊，即使並非我之前期望的形式，我無論如何也找不出足以讓我拚盡全力阻止他的理由。」

老師一句一句像在確認般地吐出話語。

這一定正是哈特雷斯的目標。不是打倒敵人，而是讓敵人不再為敵。東方的《孫子兵法》中好像有一節類似的內容。

那個計策無庸置疑地擒住了老師。

老師在確定萊涅絲與學生們的平安無事後關在房間裡不出門，正是那個結果。

「然而，他們卻給了我這些。」

老師低頭望著寶石盒與信封說道。

那個眼神絕不是在為起死回生的一著感到欣喜，反倒是在畏懼抵住咽喉的刀尖與死神。

「在從前的聖杯戰爭中也是這樣。」

他再度擠出沙啞的聲音。

「我單純靠著幸運，只是靠著最糟糕的幸運，從那場戰爭生還了。我明明……根本不想生還的。」

他打開手指。

當然，那個掌心空無一物。就好像在過去的戰爭中，老師沒有留下任何看得見的事物一樣。

「——不想……生還？」

聽到我的問題，他動作僵硬地張開乾澀的嘴唇。

「他對我下了命令。」

老師露出隨時會哭泣的神情說道：

「吾王命令我——活下去。沒錯，所以我照做了！不管有多笨拙、不管有多悲慘，我竭力地為存活而掙扎！走遍世界！還回到這座鐘塔！沒錯、沒錯！自知不是那塊料還是收購了艾梅洛教室！即使被君主這道我承擔不起的枷鎖束縛也一樣！」

吶喊震動辦公室。

他的音量絕不算大。只是聲音裡蘊含的情緒濃密又迫切到讓我產生這種錯覺。

那可以說是痛哭吧。

長達十年之間，一直在折磨老師的矛盾漩渦。經過十年，終於抓住老師這個活祭品的惡魔之手。

「如今，我再度僅僅因為幸運被賦予選項。」

「…………」

真的僅僅是幸運嗎？

老師在說，他是光靠幸運走到這一步的嗎？

「我應該振作起來……」

老師喘息般地說著。

他整張臉皺成一團，嘴唇扭曲成橢圓狀，就像在竭力地鼓舞自己。

「因為我應該振作起來，所以我非得振作起來不可。沒錯，一定是這樣。因為至今為止我都是這麼走過來的，我一定應該這樣做。因為人人都如此期望，因為我的表現使得他們寄予期待，我應該這樣做。」

至今為止，許多魔術師都給予老師很高的評價。

視觀點而定，他也可以說是深受眷顧吧。因為老師受到比他更優秀的魔術師們信賴或者敵視，建立起在魔術世界最高的地位。

不過……

（——不過，到底是誰期望如此呢？）

這個人可曾有一度希望過自己身為艾梅洛閣下II世？這個人可曾有一度期望過自己掌

握鐘塔的權力？的確，追根究柢，這說不定是贖罪。他會繼承艾梅洛教室，或許也是從他在第四次聖杯戰爭中犯下的罪行發展而來。

可是像現在這樣，讓老師必須壓抑一切苦惱與掙扎振作起來，不是很奇怪嗎？

啪的聲音響起。

……啊啊。

那是我——我的手用力碰觸老師臉龐的聲響。

「我認為，不是因為應該去做而去做。」

老師一臉驚訝地俯望著我。我實在無法一巴掌打在老師臉上，即使如此還是有點痛嗎？在急迫之下，我似乎未能斟酌好力道。現在也是，我的臉頰與手都在發燙，分不清是什麼情況。

為什麼呢？

儘管覺得自己實在太任性，我不知為何好想哭。

「我認為那樣……那樣不對。」

要怎樣說下去才好？

衝動地張口，為擅自行動的身體在事後補充理由的無意義行為。不過，我有話想說。

就算那是我的任性，此時此刻，我也有話想在這裡告訴老師。

我多半正是為了這個目的，才會敲辦公室的門。

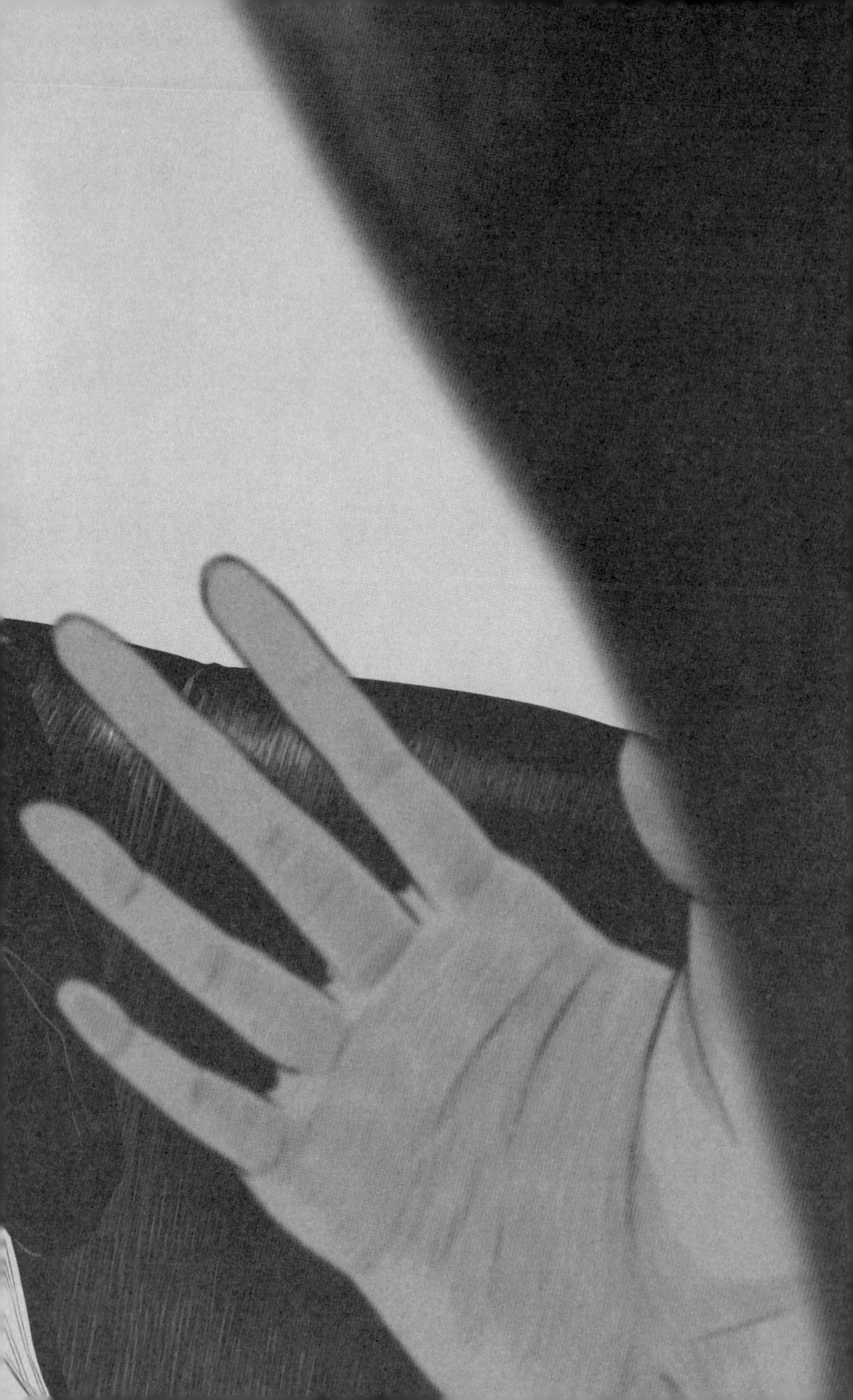

「就是，那個……」

老師茫然地注視著我。

這也難怪。明明擅自發怒，對老師動手，我張口發出的聲音卻不成言語。

臉頰在發熱。

我大概哭出來了。真丟臉。真想挖個洞把自己埋起來。好想馬上痛扁那麼無可救藥的自己。

可是，至少……

「雖然我不明白……啊啊，我已經、已經一團亂了……！老師你其實很不懂事、愛睡懶覺、總是只顧著打遊戲、碰到案件馬上專挑有生命危險的地方一頭栽進去、滿口講著魔術如何如何、明明很弱卻還去挑釁其他魔術師！」

「不，那個，女士……」

老師困惑的聲音也顯得很遙遠。

我本來就不聰明的腦袋，光是找出話語便用盡全力。僅是這麼做，我的大腦就快燒掉了。想說的話明明成千上萬，卻不肯凝聚化為一點碎片。

「可是……」

我竭力地訴說著。

「……可是我……絕不認為老師你只是因為幸運……只是因為單純的幸運而得到某些

餽贈。」

啊啊，舌頭為什麼打結了？

「……無論亞托拉姆先生或露維雅小姐……應該都是因為對象是老師，才會把東西交給你。正因為有著至今的相遇……有共度的時光，有某種只屬於老師與他們的事物存在，他們才選擇把應當託付之物託付給你……不可以用幸運這種字眼來解釋。」

那不是我有資格說出口的話。

老師和我的緣分至今還不到一年。我們在那個故鄉相遇，他在倫敦收我當寄宿弟子，又與我一起經歷過幾起案件，僅止於此罷了。

然而，我卻講出這種好像很了解他的話，這不算傲慢又算什麼。什麼寄宿弟子只是為了配合鐘塔而安排的身分，利用老師好意的人不是我才對嗎？

我想著這些事，無法停下來。

「我……」

現在，我想要話語。

我想要用這個人能聽進去的話語，向他表達。

「我……希望老師……露出笑容。」

我害怕得要命。

啊，感覺就像遇見亡靈時一樣，我打從心底恐懼不已。我害怕去聽老師的回答。我好害怕好害怕好害怕好害怕，怕他理所當然地痛罵我，叫我滾出去，恐懼得幾乎快消失了。

「…………」

老師沒有回答。

我覺得胃部彷彿塞滿冰塊。身體從喉嚨深處到手腳都涼透了，視野一片昏暗，漸漸失去光明。我連抬頭的勇氣也沒有。明明必須負起恣意胡言亂語的責任，卻缺乏足以承受的氣概。話雖如此，我也無法自暴自棄到衝動地逃離現場。

老師總是在與這種不安搏鬥嗎？

「…………！」

我渾身一顫。

老師的手碰觸我的肩膀。

雖然還很虛弱，還在微微發抖，他纖細的指尖蘊含著明確的力道與溫暖。

「……妳說得對，女士。」

「老師？」

在朦朧的視野中，老師喃喃地說著什麼。

他的舉動如同在檢查什麼——如同重新檢視著在一開頭就失敗的計算。

「我真不成熟。一點也沒有改變。」

老師憔悴的面容看來微露苦笑。

「當然是這樣了。我忘記了。我明明曾那樣下定決心的。」

他帶著一臉沒出息的表情在沙發坐好，摸摸腹部。

那裡響起一陣傻兮兮的咕嚕聲。

「……不好意思，叫外送也可以，能不能幫我準備一些食物？照現在的狀態，我實在站不起來。」

「咦，那個……」

「我忘記自己足足有一天什麼都沒吃了。」

老師說完後，再度笑了起來。

「咿嘻嘻嘻嘻！在腦袋正常運作以後第一句話就要吃的，你還是很脫線啊，花瓶君主！」

「花瓶是多餘的。這一點我自己最清楚。」

「嘻嘻嘻！失禮嘍！」

亞德從右肩固定裝置發出的聲音，讓我高興得忍不住泛淚。

「我馬上去做點吃的！」

我擦擦眼角轉身，快步走出房間來到走廊。怦怦狂跳的心跳聲很響亮。雖然方才的行動實在太難為情，我連耳朵都在發燙，卻很開心。

因此，我沒有聽出那個聲音中流露的情緒。

「……太好了，慢吞吞的格蕾。」

沒有聽出亞德難得的慰勞話語中，潛伏著除此之外的陰影。

4

「——兄長！」

一打開門，萊涅絲就發出一聲怪叫。

這裡是她在斯拉的個人房間。

和老師的辦公室分別規劃為不同房間，在斯拉是少有的奢侈待遇，不過現在顧不上那麼多。

老師望向放在桌上的大量文件說道。

「妳針對冠位決議做了調查嗎？」

「哎呀，那是當然的。」

臉上的驚訝還沒褪去，萊涅絲點了兩次頭。

因為只有她聽說過在哈特雷斯的工坊裡發生的事情，有那種反應也是當然。這簡直是晴天霹靂。跟著老師過來的我為狀況的變化感到高興，但腦子也還跟不上來。

不過，老師一邊咀嚼剛做好的三明治，一邊板著撲克臉說道：

「有一件事，我想找妳一起思考。」

「那是無所謂……不過你沒事吧，兄長？」

萊涅絲在連連眨眼之後重新發問。

相對的，老師一手拿著三明治。

我則手持放茶杯的銀托盤，站在後方等待。在老師說他覺得飢餓以後，我去借用學生餐廳的廚房，因為能快速做好的料理只有烤牛肉三明治，他現在的模樣大概稱不上具備君主的威嚴吧。

不過，老師僅僅不悅地發出嘆息。

「很難講啊。我直到現在仍然想逃。但是打從妳親手將我封印在君主位置上以後，我一直都這麼想。」

「哎呀，這話說得可真絕！」

萊涅絲吊起嘴角聳聳肩。

不過，我認為她白皙的側臉上露出的笑容貨真價實。

「我知道了。那麼，雖然我這邊忙得不得了，還是優先處理心愛兄長的請求吧。」

她擺出施恩於人的態度，用蘊含魔力的焰色眼眸仰望老師。

「可是，真的不要緊嗎？我將你在這裡退出，還有視情況而定支援哈特雷斯的狀況都納入了考慮中。你在這裡振作起來，意思不是你決定選擇後者吧？」

少女這麼問，並非只是作為親屬的關心。

身為艾梅洛的繼承者，她正嘗試判別老師的行動是否是對派閥有益。我自然地看出這種微妙之處，不禁渾身一顫。由於短期間內看過太多的鐘塔陰謀劇，我說不定也受到了影響。

「希望你別誤會，我的意思不是說支援哈特雷斯是錯誤的。」

萊涅絲淡淡地說：

「視情況而定，應該也有屈服於哈特雷斯對艾梅洛而言算是勝利的可能性。」

萊涅絲的觀點以冰冷的計算作為依據。否則，年僅十來歲的少女無法經營好艾梅洛派。不，在將老師封為君主之前，萊涅絲還未滿十歲。

當時她畏懼著暗殺的危險，覺得每個人看起來都像要謀奪自己財產的罪犯，如今的我懂得那種心情。

老師停頓一會兒，咀嚼過口中的三明治後回答。

「……我沒打算那麼做。」

「很好。」

少女再度咧嘴而笑。

她惡作劇似的在眼睛前方交疊白皙的手指發問。

「那麼，你的來意到底是什麼呢，我的君主（My Lord）？」

沒理會她開的玩笑，老師切入正題。

「是關於蒼崎橙子提到的在祕骸解剖局的屍體。」

「唔。」

萊涅絲輕輕點個頭，催促他往下說。

「在哈特雷斯的五名弟子中，有三人失蹤。」

老師張開五隻手指，彎下其中三隻。

「然後，有一人像剛才所說的一樣，前陣子在祕骸解剖局內死亡。最後一人的阿希拉也行蹤不明，不過從時機來看，她本人主動逃亡的可能性很高。我們也在祕骸解剖局見過她，她和死亡的卡爾格．伊斯雷德一樣，看來已察覺哈特雷斯就是失蹤案的犯人。」

「的確，現在想想，她給人這種感覺。」

阿希拉．密斯特拉斯是我們在祕骸解剖局中遇見的黑人女性。

「因為談到哈特雷斯的弟子們失蹤的話題時，她什麼也沒說。考慮到同屬祕骸解剖局一員的卡爾格大概是為了對付哈特雷斯而蒐集靈墓阿爾比恩的怪物，應該認為她也構想過某些對策……當然，也有可能純粹是哈特雷斯棋高一著綁架了她。」

哈特雷斯的弟子們。對我們而言，也是現代魔術科前輩的生還者們。

他們的名字如下。

卡爾格．伊斯雷德——祕骸解剖局管理部門。

阿希拉．密斯特拉斯——祕骸解剖局材料部門。

喬雷克・庫魯代斯——無所屬。卡爾格的兄弟。

蓋謝爾茲・托爾曼——無所屬。擅長製作魔術藥。

庫羅——應該無所屬。

我從史賓以前整理的筆記，回想弟子們的名字。

「……失禮了。」

老師的手探進懷中。

他從雪茄盒中取出一支雪茄，用雪茄剪切掉茄頭後，緩緩地點燃火柴靠上去。那一連串的動作十分熟悉，火焰很快地從摩擦靠近的火柴轉移到雪茄上，老師將雪茄叼在口中。

我總覺得那股菸味讓我鎮靜了一點。

「關於魔術方面，我也自認還有些知識。但是，這件事奠基在鐘塔時時皆有的陰謀上。我想借助妳的智慧。」

「哎呀，別把你可愛的妹妹講得像個最愛搞鬼的小姑一樣。」

萊涅絲聳聳肩，抬了抬下巴。

她示意老師往下說。

老師或許也很清楚，他讓雪茄的煙霧飄盪，目光追逐著煙的形狀繼續道：

「重要的是，蒼崎橙子刻意針對那具屍體留話的意義——也就是卡爾格・伊斯雷德為何會死在那裡。」

「為何……？」
就算這樣問，我也毫無頭緒。
哈特雷斯不是突然開始綁架弟子們嗎……？我的理解只有這種程度。
也許是憐憫露出一臉傻樣的我，老師迅速地展開話題。
「他有個兄弟對吧。」
「呃，叫喬雷克・庫魯代斯。」
兩人不同姓氏，是因為作為生還者脫離靈墓阿爾比恩後，喬雷克被著名的魔術師家族收為養子云云。
「沒錯。卡爾格說他的弟弟被收為養子後換了姓氏。不過，如果實情相反呢？」
「……相反？」
我不明白那個意思，不解地歪歪頭。
「一個人在祕骸解剖局，一個人成為當地魔術師的養子更改了姓氏。假使他們是因為有這個必要，才走上不同的道路呢？」
「這是怎麼回事？」
就算聽老師解釋，我依然不明白。
看到我陷入混亂，老師從另一種方向重新訴說。
「依照我所聽說的，喬雷克與卡爾格好像是一對年紀相近的兄弟。如果他們兩人時常交換身分，那會如何？」

「喬雷克與卡爾格嗎？」

我不明白老師在說些什麼。

然而，我就像被潑了一身冰水般背脊發寒。因為即使不明白，我也確實地感受到老師的手術刀抵住了案件極為重大的部分。即使還未觸及案件的心臟，手術刀也刺進了極重要的患處。

「他們交換身分的目的，是什麼呢？」

「解剖局的情報是在其他地方無法取得的。為了避免內部人員輕易地將情報外流，還設有種種防衛措施。所以，他們兄弟為了建立足以潛入祕骸解剖局的實際功績，進入靈墓阿爾比恩進行採掘。雖然乍看之下像是繞遠路，不過祕骸解剖局既然負責管理靈墓阿爾比恩，最容易從外部被錄用的人選就是阿爾比恩的生還者。」

老師淡淡地說。

他堆積起以我的能力只聽得懂字面上含意的話語。

「兄弟之一的喬雷克會成為養子更改姓氏，也是為了這個緣故吧。好讓彼此的關係不會輕易曝光。如果是兄弟使用同一種魔術，連鐘塔的防衛措施要辨別也有困難。而且，使一對兄弟的長相變得相似這種程度的變身術，連新世代的新生都會用。」

「啊，原來如此。在推理小說中是很常見的手法。」

在一旁聆聽的萊涅絲點點頭，這麼補充道。

「畢竟，我們也看過一次這種詭計。」

「啊……伊澤盧瑪的……」

我也喃喃地說。

雙貌塔伊澤盧瑪的案件。

當時，追求美的魔術最後調換了被害者的身分，導致我們陷入混亂。

當然，一般魔術師無法施展那麼高超的變身術或足以媲美的魔術。不過，我認同地想著，若是一對兄弟，互相變身應該十分簡單。就算不借用魔術的力量，稍微化個妝就夠了。

「可是，那麼做有意義嗎？」

「意義要多少有多少。解剖局對於內部是否出現叛徒管控得很嚴格，因為從走私或賄賂能得到的好處太多了。因此那裡充滿監視，不過具有一定地位的局員若能準備另一人份的身體與不在場證明，就可以用各種手段來突破監視吧。」

「…………」

十年前的陰謀，在老師手中漸漸揭曉。

簡直像是一場解剖。與許多推理小說中所描寫的名偵探推理似同實異，屬於老師的做法。

「嗯，那就能說明哈特雷斯進入祕骸解剖局設施內時，未觸發任何結界的理由。如果那對兄弟經常交換身分，當然應該也設計了避開防衛措施的機制。哈特雷斯已先抓走兄弟中的一人，要利用那個機制也很簡單。因為我們也見識過哈特雷斯的變身術有多高明。」

在魔眼蒐集列車一案中，哈特雷斯曾變身為卡雷斯。雖然當時卡雷斯才剛進入艾梅洛教室不久，其精密度也足以在乘車期間一直騙過我們。

當時的卡雷斯——哈特雷斯所化身的，不只外表相像，還完全摹寫了他說話的口氣與思維。

「在那個情況下，使役者只要靈體化就能跟隨進去。魔術師的結界當然也會對這類靈體有所反應，不過會反覆實體化與靈體化，凌駕於絕大多數現代魔術師之上的危險使魔可不在預想之內。再加上卡爾格已經打通漏洞，沿用應該並不困難。

然後，卡爾格恐怕用靈墓阿爾比恩的怪物反抗過。他大概從弟弟的失蹤察覺了哈特雷斯的接近。很遺憾的是，那些怪物不是使役者偽裝者的對手。」

說到這裡，老師停頓了一會兒，

他皺起眉頭，輕戳了太陽穴兩下。

接著，他冒出一句話。

「……搞不好不是卡爾格，而是喬雷克。」

「你是指什麼呢？」

「在祕骸解剖局發現的那具屍體。如果有人發覺，死在現場的人不是卡爾格呢？」

我回想起案件的情況。

卡爾格的屍體被殘酷地切碎與攪拌過。當然，憑藉我聽說過的偽裝者的魔術，製造那樣的屍體並不難。將人類屍體變得像丟進大型攪拌機後一樣，正如字面上的意思，對她來說應該只需一言兩語。

可是，這麼做的理由呢？

Whydunit。

老師剛剛問過。

如果死在現場的人不是卡爾格呢？

「……咦，死在現場的人不是卡爾格先生？呃，意思是，你是問如果死的是弟弟喬雷克先生的話會怎麼樣嗎？」

當我一團混亂地說出口，老師輕輕頷首。

「如果查出這種事，解剖局當然也會發覺案件的開端出在很久以前。當然，光是在局內發生凶殺案就是個大事件，結果死亡的還不是局員，調查的方向將會落在這個被害者到底是誰這件事上吧。如果那對於哈特雷斯來說，是不可放過的錯誤呢？」

「…………」

那些內容太過複雜，我越來越聽不懂了。

老師到底打算解開什麼？打算暴露什麼呢？

「所以，哈特雷斯徹底毀損屍體，避免屍體的身分曝光。要是能帶走屍體會很輕鬆，不過解剖局的設施應該讓他沒有餘力辦到吧。」

「請、請等一下。」

我忍不住也開口。

「我明白卡爾格先生與喬雷克先生有可能偷偷交換過身分。還有祕骸解剖局有足以用這種方式潛入的價值。可是，他們到底是從什麼時候開始構思這種事情……」

「……到底是從什麼時候開始的？」

喃喃複誦的人不是老師。

在一旁聆聽的萊涅絲以楚楚可憐的食指按住太陽穴，瞇起一邊眼睛。

「……啊，原來如此。我總算理解你找我討論的意思了。原來是這麼回事嗎，我的兄長？」

「就是這麼回事。」

他們一起領會了什麼事，我卻一頭霧水。

於是，萊涅絲將目光轉向我。

「意思是指，不只卡爾格跟喬雷克而已。哈特雷斯的五名弟子可能打從一開始就另有目的。」

她說道。

然後，她重新解釋話中的意思。

「在這個情況下的一開始……恐怕遠在他們成為哈特雷斯的弟子之前。」

「咦，遠在成為弟子之前？」

感到不對勁的我不禁皺起眉頭。

看著我思緒卡住的樣子，萊涅絲喝了一口手邊的紅茶。思考幾秒之後，我總算掌握了那種不對勁的感覺是什麼。

「不過，那不是很奇怪嗎？因為，哈特雷斯的弟子統統是生還者吧？如果只有卡爾格先生和喬雷克先生我可以理解。但是，其他人也都從多年前起一直待在靈墓阿爾比恩裡。然而，他們所有人怎麼會在更早之前就另有目的？」

沒錯。時間順序有偏差。

的確，這個推測在邏輯上說得通，但說得通的只有邏輯。在填補漏洞之後，其他的漏洞相對地變得更大。如同老師所說，卡爾格和喬雷克或許打從一開始就是為了建立連結到祕骸解剖局的管道而進入阿爾比恩，但應該不是所有人都是這樣吧。

對於我的發言，萊涅絲神情嚴肅地點點頭。

「當然，正是如此。我後來也調查過，查到喬雷克和卡爾格進入阿爾比恩待了四年，蓋謝爾茲則是九年，至於阿希拉和庫羅原本便出生於阿爾比恩。而且，那支小隊好像是更換過多次成員後才成形的。格蕾妳會有這樣的疑問很合理。」

那個答覆讓我鬆了口氣。

因為這讓我覺得，雖然我的想法肯定很膚淺，仍然勉強可以與萊涅絲和老師共享相同的想法。

「可是，格蕾。關於這一點，鐘塔能夠提出十分簡便的解答。嗯，兄長你是來找我確認，那個推測是否符合現實的吧？即使作為推論成立，紙上談兵也沒有意義可言。因為這並非什麼犯人頭腦聰慧、背後有驚人的因緣牽連之類的事情，而是環境的問題，關於這種行為在這個環境中是否是有可能發生的尋常之事。」

她流暢地說著，發出嘆息。

「剛剛兄長暗示的可能性，遠比妳想到的更加卑鄙又低級得多。拐彎抹角又無用到有點瘋狂的程度。我想這會讓妳對鐘塔產生正確的認知，同時也徹底幻滅，雖然有些遺憾，我認為理應如此。」

「那是什麼意……」

「所以說，妳認為只有卡爾格和喬雷克碰巧抱著這種意圖是錯誤的。說來，如何得知卡爾格和喬雷克，在進入阿爾比恩前真的是無所屬魔術師？個人將祕骸解剖局的情報帶出去，能獲得的利益沒什麼大不了的吧。認為有其他想取得那些情報的組織，命令他們前往祕骸解剖局當間諜是更自然的看法。

而在這個推測的情況下，認為只有卡爾格和喬雷克從事間諜活動很奇怪。因為他們能夠成為生還者，是特別走運的結果。如果不小心死在靈墓阿爾比恩就結束了；沒做出多少成果，不得祕骸解剖局青睞那也沒用。行動需要耐心，計畫卻太過不穩定。」

萊涅絲的聲音滑過辦公室的地板。

令人恐懼的推理接連超越我的思維，串連起來。

「也就是說，鐘塔的派閥打從一開始便把多達數十人——搞不好是更多人送進靈墓阿爾比恩，當作消耗性的間諜使用。」

「啊……？」

我傻兮兮地喊出聲。

「目的多半是——不如說幾乎確定是為了避開祕骸解剖局的耳目調查靈墓阿爾比恩。畢竟，要以正式管道進入阿爾比恩必定得透過祕骸解剖局，可以調查的範圍與內容也受到限制，會想派出勢力範圍下的間諜進入那裡以繞過監控是很正常的想法吧？縱使為此需要耗費十幾二十年，依情況而定，會耗費間諜的一生也是如此。」

就算她說這種想法很正常，我也沒辦法立刻接受。

的確，萊涅絲的說法在邏輯上說得通。既然派遣一兩名間諜過去沒有把握成功，那只要一次派出數十人就行了。因為只要他們之中有人成功的話結果都一樣，當成消耗品也無所謂。

可是。

可是，那樣子——

「在哈特雷斯的弟子中，卡爾格和喬雷克兄弟確定是——還有，說不定在其他弟子中也有人是鐘塔派閥送進靈墓阿爾比恩的間諜。」

我愕然地聽著那番話。

我感覺彷彿被人粗暴地抓住咽喉。明明竭力地想要吸取氧氣，但不管再怎麼嘗試，肺卻只發揮平常一半的功能。就像在漆黑的水中掙扎一樣。

老師將眉頭皺得比平常更緊，這麼問道。

「總之，有這個可能對吧，萊涅絲。」

「有充分的可能。嗯，聽你一說，我的確也應該往這方面去想的。雖然艾梅洛派從家道中落前起便很少涉及靈墓阿爾比恩的事務，缺乏這方面的訊息，不過這應該算是我的無能。啊，真不甘心。儘管不知道他們是從何時開始派出這種間諜，構想的規模不可同日而語啊。」

「請、請等一下！」

她語帶欽佩的聲音，讓我忍不住插口。

「所有人都接受了那種命令嗎！那不純粹是有危險之類的問題吧！沒達成條件，就不能離開靈墓阿爾比恩吧！這樣的話，他們有可能一直都沒辦法回去啊！」

長年進行間諜活動。

但是，究竟要基於什麼樣的思維，才會不惜為此耗費多年——搞不好是耗費一生的時光。什麼樣的當權者才會下這種霸道的命令，什麼樣的人才會接受這種毫無道理的任務？

「就是會接受啊。」

萊涅絲端起茶杯，閉起一邊眼睛。

「畢竟魔術師有方便好用的分家。更何況這些分家，在現代放著不管結果就會衰退滅亡。與三大貴族有關連的家族，做得出用美味的誘餌迫使前景不看好的孩子賣身這點小事。要是做不到，無法在鐘塔生存下去。他們會無動於衷地指使人進阿爾比恩待上十年，依情況而定，還會下令要人在那邊紮根直到子女或孫子那一代。沒錯，一點也不奇怪。基本上，魔術師分家被指派到遠離本家的偏僻地方定居，有很高的比例是這種情況。」

少女這番話帶著只有真相才具備的分量。

那或許是因為她也曾是其中的一員。在艾梅洛派，萊涅絲以前應該處於極度末梢的位置。由於適應受損的源流刻印等原因，她轉眼間被拱出來，當上派閥的繼承者。

不是她想當繼承者，而是別無選擇。

萊涅絲只能坐上那個被大量陰謀包圍，甚至面臨暗殺危險的位子。雖然從結果來說她具有資質，但我不認為以前的她希望活用那樣的才能。

原來會做到……這種地步嗎？

原來鐘塔這個地方，會強迫人犧牲人生到這種地步嗎？或者說，原來魔術師這種存在方式，讓世界扭曲到這種地步了嗎？

「那麼……阿希拉小姐與庫羅先生也是？」

「如同我剛才說過的一樣，有充分的可能。即使從出生起一直待在阿爾比恩，也不可能保證他們置身於鐘塔的陰謀之外。」

「這個……」

我的話頭中斷。

接著擠出喉頭的，是已經變得很熟悉的某個單字。

「……Whydunit。」

我的低語，讓老師叼著雪茄點點頭。

「沒錯，這便是哈勒雷斯周邊人物的Whydunit。至少蒼崎橙子應該早已得出了這個結論。」

「沒錯。真是認輸嘍！」

萊涅絲像是比出一對兔耳般滑稽地舉起雙手。

「所以，蒼崎橙子才會問哈特雷斯『你的弟子實際上曾是誰的弟子？』這種問題。可惡，我應該在那個時機領會問題含意的。」

——「我可沒問什麼困難的問題。我純粹是在問你，『他們曾是誰的弟子』，前任學部長？」

依照萊涅絲的說明，橙子好像這樣問過他。

原來如此，問題便是答案。那句話並非什麼難解的言詞交鋒，只是直接拋出老師和萊涅絲剛剛討論出的結論。

「……若是這樣，失蹤案的意義也會變得截然不同。」

萊涅絲接著說。

她比老師更生氣勃勃，是因為這齣陰謀劇正是她一個人的天下。

「如果失蹤案針對的不是弟子，而是在向弟子們背後的人物示意呢？」

「示意？」

老師向皺起眉頭的我開口。

「……在發生那起凶殺案之前，哈特雷斯多半試圖在暗中作案。」

老師先前在他的辦公室中說過此事。

萊涅絲一臉不甘心地嘖了一聲，抱起雙臂。

「就是這麼回事吧。如果是這樣，盡可能不殘留證據，藉由讓相關人物接連失蹤向對方施壓是很高明的手法。倒不如說，這豈不正是犯罪組織常用的方法？……不，等一下。這代表這次的襲擊也屬於其中之一嗎？」

「如果只是要去阿爾比恩，在祕骸解剖局殺掉卡爾格後，他也可以直接搭上通往阿爾比恩的電梯。」

老師贊同少女的意見，同時往下說：

「當然，純粹是他無法欺騙防衛措施到那個程度的可能性也很高，不過他會連續犯案，代表這更接近於從最初就訂下的計畫吧。啊，站在哈特雷斯的角度，襲擊斯拉很方便。作為一連串失蹤案的結算，他同時達成了前往阿爾比恩還有對藏在弟子身後的幕後黑手施壓這兩件事。」

「…………」

「蒼崎橙子問過他是如何使用弟子的吧？是啊，這個問題也是字面上的意思。哈特雷斯為了向幕後黑手施壓，將昔日的弟子用來實行失蹤案。」

我在理論上明白。

考慮到哈特雷斯是現代魔術科的前任學部長，他很習慣這一類的陰謀與暴力並不稀奇。可是，我覺得那個理論比起至今經歷過的案件與死鬥更加可怕。在某種意義上，這種事對我而言比起神話時代的魔術師與阿特拉斯七大兵器更難以接受。

這種手段，把人的生命、生涯、在某些情況下甚至是子孫的未來都只看成遊戲盤上的棋子。

那是甚至不夾雜憎惡與憤怒的純粹惡意。

萊涅絲從以前開始便經常說過，鐘塔的陰暗面是令人驚駭的陰謀熔爐。不過，以前我完全無法想像，她無數次反覆應酬的現實有多麼可怖。

正因為我終於也理解其中的冰山一角，才會恐懼到渾身冰涼。

萊涅絲露出有點為難的表情發出嘆息。

「妳討厭我了嗎？」

「……沒有。」

我搖搖頭。

連搖了好數次。

「沒有、沒有，不可能會那樣。我不可能討厭萊涅絲。」

「那就好。」

少女感慨地說著，將冷掉的紅茶喝完。她白皙的手指微微發抖。

接著——

「對了。我忘了把這個交給你。」

她從辦公桌的抽屜裡取出一枚硬幣。

硬幣上有頭像的側面浮雕，看起來像古董。

「金幣？」

「這是我們在地底交戰到最後時，從偽裝者的戰車上掉落的東西。如果是兄長，應該看得出是什麼吧？」

「唔。借我一下。」

老師戴上手套後，謹慎地看著那枚金幣。

「這是史塔特金幣……上面的頭像是……伊肯達嗎？」

「伊肯達的……金幣？」

「在古希臘鄰近地區，有用當時的國王或英雄肖像鑄造貨幣的風俗習慣。而伊肯達的版本特別受歡迎，單是這一枚金幣也值不少錢吧。」

即使在這種狀況下，老師的語氣也頗為驕傲，感覺很可愛。彷彿讓人清楚地看出，這個人心中的指南針指著哪個方向。

「畢竟他壓倒性地大受歡迎，硬幣的樣式也很多。這是用過往刻在貨幣上的海克力士側臉作為基礎，套用了伊肯達的頭像。其中也有認為伊肯達是阿蒙神轉生，頭像長著犄角的造型，還有身上披著象皮作為戰車象徵的造型。硬幣的發行時期跨越兩百年以上，發行地區之廣以當時來說也特別突出。光是探討伊肯達的硬幣，應該便足以寫成一本書。這也是那位大王如何受到廣泛的信仰、作為傳說英雄長期深受人民所愛的實例……」

「兄長的知識果然淵博，但是……」

在老師幾乎徹底離題時，萊涅絲插口。

「你看得出偽裝者帶著這枚金幣的意義嗎？當然，或許這純粹是她攜帶的物品，沒有什麼意義。」

「……唔。這一點我不清楚。金幣可以暫時放在我這裡嗎？」

「嗯，當然可以。」

「謝謝。」

老師急忙用手帕仔細包好金幣，收進夾克懷中。

最後，他將叼在口邊的雪茄也收回雪茄盒裡，向萊涅絲低頭致謝。

「無論如何，我要向妳道謝。雖然還朦朧不清，我在一定程度上掌握到案件的走向了。」

「那就好。你有從這裡開始翻盤的手段嗎？」

聽到萊涅絲的問題，老師不快地搔搔頭。

「雖然不知道能不能翻盤，不過隨著情況發展，我有一件事要調查。這都是亞托拉姆．葛列斯塔送來的信害的。」

「哦？」

他繼續對皺眉的萊涅絲說道。

「所以，我要離開斯拉一趟。我先前查過時間，光是往返那裡就得花費半天以上，這段期間就拜託妳了。」

「啊？」

萊涅絲的表情重重地扭曲起來。

「等等。明天深夜就要召開冠位決議了！如果發生什麼事，你打算怎麼辦？」

「我打算在召開前回來，不過如果發生意外的話，就由妳出席吧。畢竟妳是原本的繼承者，沒有人會有異議。」

「我有異議啊，兄長！」

聽到萊涅絲的慘叫，唯獨這一回換成老師露出得意的笑容，掉頭離開。

他走到一半，停下腳步。

老師背對著我如此開口。

「跟我來，格蕾。」

「……！」

只是一句話，就讓我滿心感動不已。我邁開比平常更大的步伐跟在後面，忍不住點點頭。

「是！老師！」

第三章

1

對於奧嘉瑪麗．艾斯米雷特．艾寧姆斯菲亞而言，倫敦給予她強烈的外地(Away)印象。

她的家系——艾寧姆斯菲亞的地盤，原本便設立在高地、山脈而非都市。雖然不時會下山像這樣與倫敦鐘塔總部展開接觸，不自在的感覺還是難以拭去。無論是都市裡太多的人、密集的建築物還是一整天不斷騎馬或乘車，在她看來都僅僅是難以適應的要素。

不過，說到她對老家是否抱著親近感，那也沒有。

她身為現任當家的父親馬里斯比利幾乎從不走出自己的工坊，結果兩人見面的次數一年只有寥寥數次。

所以在她眼中，人是孤獨的生物。因為獲選為魔術師，孤高與孤立都是理所當然，應該要接納那一切。父親似乎對自己毫無期待這一點也是，她認為只要像這樣活下去，說不定有一天也能翻轉。

啊，她之所以與萊涅絲．艾梅洛．亞奇索特這名少女深入交流，大概也是因為忍不住產生了認為她的立場與自己相近這種膚淺的想法吧。即使知道那種膚淺的共鳴在鐘塔派不上用場，她仍難以抗拒想再和對方多說一點話、只要再說幾句就好的欲求。

（……所以……）

少女心想。

斯拉遇襲的消息，也對她造成衝擊。

（……情況怎麼樣了？）

她也見過哈特雷斯博士。

因為當那名魔術師在魔眼蒐集列車上召喚了使役者並動用寶具時，她也在現場。以那個寶具的威力，要蹂躪一座大學城應該易如反掌。

可是，她想不到那名魔術師在這個時機襲擊斯拉的理由。

當然，奧嘉瑪麗也不知道哈特雷斯的目的是什麼。不過要用使役者發動襲擊，隨時都可以做到吧。他偏偏選在冠位決議前這個時機出現，是基於什麼動機（Whydunit）？

（……若是父親大人會知情嗎？）

馬里斯比利以前應該對哈特雷斯提出過私人的委託。內容還是調查第四次聖杯戰爭這種旁人解決不了的工作。雖然不清楚那單純是對認識的魔術師提出的委託，還是由於主要學科學部長之間的微妙關係所引起的委託，的確有某種特殊的關係連結著兩人。

或者。

或者——雖然奧嘉瑪麗不願去想，她也想像過兩人可能到現在仍有聯繫。像這樣派遣自己擔任君主的代理人，會不會也是父親與哈特雷斯的策略之一？她難以完全消除這種懷疑。

「怎麼了？」

詢問聲突然傳來。

溫柔的笑容俯望著她。

不過，那個笑容帶著充滿鐘塔特色的毒素。奧嘉瑪麗也沒有愚蠢到會錯過對方柔和地隱藏在眼鏡底下的情緒。雖然察覺不出這些的人生或許比較輕鬆。

「沒什麼。我只是發呆了一會兒。」

「這樣嗎？請多保重，奧嘉瑪麗大人。」

化野菱理沉穩地說。

那個穿著遠東民族服裝的人，是她在那輛魔眼蒐集列車上遇見過的女魔術師。

剛才，奧嘉瑪麗從她口中得知了斯拉遇襲的事實。

她不知道到底該說些什麼才好，嘴巴自顧自地挑選了這樣的話語。

「法政科的成員全都像妳一樣嗎？」

「奧嘉瑪麗大人很好奇嗎？是呀，因為妳很可能成為我的後輩。」

女子抹著鮮豔口紅的唇瓣加深了笑意。

「雖然不知道算不算很遺憾，我是作為諾里奇的養子受到推薦，與普通的學生有些不同。在後輩當中也有家族出錢送進來鍍金的孩子，不過他的性質也稱不上多數派吧。呵

呵，如果妳加入的話，我想一定會成為很優秀的學生。」

若是鐘塔有力家族的繼承者，有很高的機率會選擇先進一次法政科。因為要了解鐘塔是由什麼樣的想法所組成的，進入法政科是最好的方式。所以家族出錢將人送進來鍍金的情況並不稀奇，女子會補上一句「稱不上多數派」，是因為那名後輩的個性之故嗎？

在倫敦的一角。

建造於郊外森林中的某棟宅邸。

另一個人，一名宛如由枯木削成的老人坐在宅邸室內的椅子上。他是這棟宅邸的主人，胸口與手指都佩戴著大量的寶石，但比起華麗，這名老人更讓人留下戴著寶石屍體般寂寞的印象。

尤利菲斯閣下——盧弗雷烏斯·挪薩雷·尤利菲斯。

在貴族主義中也以長年身為保守派而著稱的君主，正是這名老人。

盧弗雷烏斯將空洞的眼眸轉過來說道：

「離開這裡……法政科的狗。」

「真遺憾。我還以為自己沒有遭到降靈科（尤利菲斯）厭惡呢。」

「巴露忒梅蘿是……吾等之王……這一點雖然不變，卻也不是喜愛法政科的理由……妳明知道境界記錄帶的存在……卻保持沉默……」

「作為負責人，我有義務保密。」

菱理坦然地回應，取出蓋著封蠟的信件。

「按照您的要求，我將這封信留下。」

女魔術師說完後走出房間。

相隔一會兒後，老人的轉動目光，信件緩緩地飄浮起來。那是騷靈現象。驅動周圍靈體行動比起動手拆信還要更快，是老人繼承的魔術刻印之故嗎？或者，可能是大量寶石中的某一顆在發揮作為魔術禮裝的功能，但奧嘉瑪麗沒辦法看透那麼深入的細節。

盧弗雷烏斯瞥了內容一眼後露骨地嘖了一聲，少女向他發問。

「先生，信上提到了什麼呢？」

「以上一代巴露忒梅蘿之名……要求我阻止……阿爾比恩的再開發計畫……哼，來提醒我……這種理所當然的事啊……」

老人以沙啞的嗓音說道：

「上一代……是關鍵。這一次……也有可能無法完全攔住特蘭貝利奧……若是上一代當家所做的指示，不會損及巴露忒梅蘿的名號……啊，這一代當家天生便是……已經完成的魔術師。雖然如此……在其成長之前明明沒有必要……讓出君主的權位……那傢伙卻早早地傳位了……」

老人喃喃叨唸，露出一口不整齊的牙齒。

「他已經料到……會出現這種情況嗎……？還是出於其他的理由……？」

巴露忒梅蘿是貴族主義首位之名。

除了幾乎不露面的院長，那是實際上位居鐘塔頂點，統領法政科的家系。即使不直接出席冠位決議，看來巴露忒梅蘿果然也沒有完全忽視此事。

相隔半晌之後——

「應該阻止阿爾比恩的再開發計畫嗎？」

奧嘉瑪麗詢問。

「有沒有可能像特蘭貝利奧主張的一樣，那麼做將給魔術世界帶來更大的好處？」

「妳搞錯了……天體科（艾寧姆斯菲亞）的女孩……根本無須理由……」

老人狠狠地瞪著少女開口：

「我等根本沒必要刻意行動……無論特蘭貝利奧的主張……有沒有替魔術世界帶來好處……抵達者會抵達……抵達不了者不會抵達……到頭來僅止於此……」

他能夠斷言事情僅止於此，是因為他乃貴族主義的君主吧。族群中心主義的化身。除了天生獲選者之外都不需要的最後下場。

那恐怕便是魔術師的本質。

民主主義也只是放寬了遴選標準，相差無幾。到頭來，在魔術世界蔓延的是太過根深蒂固的歧視與超人幻想，與難以融入大多數人類的受虐意識。直到世界終止，這種意識恐怕都不會改變。

「再來，就取決於現代魔術科的毛頭小子了……」

聽到老人面帶苦澀地這麼說，奧嘉瑪麗忍不住插嘴。

「不過，在我們之後魔術師也會延續下去。為了未來的他們，我們不是也必須考慮到魔術世界整體的變化嗎？盧弗雷烏斯大人也有布拉姆大人吧。」

「咯咯……布拉姆嗎？」

盧弗雷烏斯低聲發笑。

布拉姆是盧弗雷烏斯的兒子，被視為尤利菲斯閣下的繼承者。

「我說過吧……抵達者會抵達。布拉姆也一樣……僅止於此。為此目的而積蓄的，有我等就夠了……抵達者會抵達，抵達不了者不會抵達……啊，他應該會比他死去的妹妹好一點吧。」

「……她是叫索拉烏小姐嗎？」

「我對那個艾梅洛也說過……索拉烏已經無關緊要……她只不過是繼承者的備用品……在兒子平安地長大成人，索拉烏不再是繼承者的階段……她的使命就結束了……」

「…………」

十年前，身為礦石科（基修亞）君主的上一代艾梅洛閣下，本應與盧弗雷烏斯的女兒成婚。那本應是成為連結紐帶，凝聚一盤散沙的貴族主義派的一大節目。儘管只不過是至今曾多次上演的政治聯姻之一，那件事本應大幅改寫現代的魔術世界。

可是，事情沒有成真。

奧嘉瑪麗知道的也只有結果而已。

「……肯尼斯真令人惋惜……他有多少還在研究的祕術……連我也不得而知……」

「據說他很優秀。雖然當時我還沒懂事，並不清楚。」

「作為研究者是很優秀……」

盧弗雷烏斯的低語，也是直截了當的事實吧。

上一代艾梅洛閣下是一流的研究者，但絕非擅長戰鬥。因此他未能在第四次聖杯戰爭中勝出而被擊敗了。

「不過……魔術師那樣即可……鐘塔鼓勵以戰鬥鑽研魔術……但魔術師的發展……不需要那種雜質。有也無妨……但不應該給予他……」

奧嘉瑪麗不經意地想著，連這名老人也有無法實現的夢想嗎？由於自身能力的界限，即使夢想著也無法觸及的某個地方。

他會想把抵達夢想盡頭一事託付給某個人嗎？

「……無論如何……我針對冠位決議……採取了……對策。」

老人呢喃。

「…………」

奧嘉瑪麗陷入沉默。

陰謀在鐘塔是日常生活。盧弗雷烏斯也是十分熟悉於此的人物之一。他經歷過的慘烈局面，應該是平常閉居深山的少女無從想像的。

連這句話說不定也是老人的對策之一。

他說不定正操弄著種種話語，意圖操縱身為天體科君主之女的奧嘉瑪麗。

（……即使是這樣，也好。）

少女突然態度一變地心想。

（……我只是去做我該做的事而已。）

她忽然想起魔眼蒐集列車事件。

如果沒發生那起事件，她的人生應該會改變吧。應該不會痛失隨從特麗莎，同時也不會察覺她的真意。

——「小傻瓜瑪麗，挺直背脊。」

那句話直到現在也留在她胸中。

那是從小陪伴身旁的隨從留給奧嘉瑪麗的話。

世界像在滾動般逐漸改變。僅僅幾顆小石子的碰撞，如漣漪般連鎖擴散開來。奧嘉瑪麗首度主動稍微插手了在短短幾個月裡變化得令人眼花繚亂的世界。

與萊涅絲聯手，收集協商所須的材料也是其中之一。雖然不是無條件地信任她，奧嘉瑪麗認為若不跟別人合作，就沒辦法有所改變。

（我打算怎麼做……？）

此刻，奧嘉瑪麗在心中自問。

奧嘉瑪麗回想起某個魔術師的臉龐。

另一個應該加入貴族主義，在那輛魔眼蒐集列車上提供她契機，讓她得以貫徹隨從的話到最後，那名神色不悅的年輕君主。

就在那一刻——

「……奧嘉瑪麗．艾斯米雷特．艾寧姆斯菲亞。」

突然有人呼喚她的名字。

「……！是。」

「…………」

老人從正面注視著少女。

少女坦率地對上那雙簡直無法想像有感情存在的空洞眼眸。不是因為她背負著艾寧姆斯菲亞之名，而是她覺得若沒做到，將無顏面對那個隨從。

經過一會兒之後，老人如此拋出話題。

「信上還提到另一件事……要我鑑定……艾寧姆斯菲亞的繼承者……若有必要，可以向其透露……」

「您是指什麼呢？」

奧嘉瑪麗緊張地繃緊身體。

老人說，要在鑑定後透露。那麼，答案是哪一邊呢？他會特地說出來，代表她通過了鑑定嗎？還是像少女的父親一樣，僅僅失望地離去呢？

「……隨我來……」

老人拿起拐杖，轉身背對她。

少女慌忙跟隨在後，老人走出門口來到走廊上。

相對於寬闊的空間，宅邸裡完全不見僕從的人影。要維護這種規模的宅邸，至少應該有五六名僕從才對，這裡卻感覺不到人的氣息。奧嘉瑪麗為了準備參加冠位決議造訪倫敦，自從被帶來這棟宅邸後已經過了三天，但不曾見過盧弗雷烏斯以外的人影。

兩人走下螺旋階梯，從懸掛著陰沉吊燈的大廳進入狹窄的走廊，途中打開了兩扇門。

奧嘉瑪麗瞠目結舌。

昏暗的腳邊冒出一道通往地下的樓梯。

（……在這種地方有樓梯嗎？不，到抵達此處之前的路上，原本有那些門扉嗎？）

或許這裡事先用魔術施加了障眼法。若是那樣，魔術的水準高到連她都感覺不到不自然的地步。

「人們說地下才是鐘塔的主體……當然，與靈墓阿爾比恩相比……是表層中的表層。到了近年……位於地上的設施應該更多……不過……縱然如此，地下才是鐘塔原有的樣貌……那裡有數座祕密書庫……」

老人邊說邊緩緩地往下走。

奧嘉瑪麗也跟隨其後。

喀喀……拐杖敲在石階上的聲音響起。那個聲音本身便宛如在這片地下吟誦出的咒語。父親也教過她，實際上也有一部分的魔術會使用這種類型的魔術式。

階梯相當漫長。

在階梯的另一頭，有一扇生鏽的鐵門。

當老人的拐杖兩度敲打地面，鐵門自動開啟。

一陣塵埃霎時間劇烈地飛揚瀰漫，奧嘉瑪麗摀住嘴巴。

空氣中有一股濃重的霉味。書籍應該做過某些保存處理，此處經過的時間，卻長久到就算這樣也無法避免發霉的程度。搞不好這種氣味本身就構築了某些魔術。

奧嘉瑪麗經由魔術「強化」過的視覺，捕捉到內部的情景。

那是書架。

門後擺放著數量龐大到一般圖書館難以相比的大量書架。

「這是……」

「從鐘塔的數座地下書庫中……特別運送過來的書籍……」

老人弄響指骨。

白影從書架的昏暗中聳立而起。對魔術認識不深的人，看了應該會忍不住驚叫吧。

因為此刻出現在老人身旁站起來的，是人骨組成的團塊。

奧嘉瑪麗看出那是骸骨兵（Skeleton）。選擇不眠不休的非人衛兵來守衛這座書庫，是理所當然的吧。

同時，那也是最大的證據，證明這座書庫的管理者是降靈科（尤利菲斯）的盧弗雷烏斯。

「這也是……貴族主義的寶物……原本在當上君主之際才會透露……不過正值非常時期，妳獲准現在得知……」

「貴族主義的君主……那麼，您也帶艾梅洛II世來過此處嗎？」

她直接問出想到的事情，老人一瞬間措手不及般地屏住呼吸。

然後——

「咯咯。」

他宛如鏽鐵摩擦般發出嘲笑。

「咯咯……咯咯……咯咯咯……咯咯咯咯咯咯……那種事情……不可能得到認可吧。至少流著艾梅洛之血的……萊涅絲也還罷了……像那種卑賤的新世代……即使憑藉一點特異才能，被提拔到祭位（Fes）……咯咯咯……怎麼可能邀請他進入這座書庫……」

他表現出方才也可以窺見的強烈歧視意識。

然而，奧嘉瑪麗也無法全面否定那種觀念。因為她自己也出生成長於那種環境中，那個因果多半會延續到子孫世代。

少女嚥下幾分苦澀，重新向老人發問。

「我們來這座書庫做什麼呢？」

「……當然，在書庫要進行的是調查。」

當老人抬起下巴比了比，先前的骸骨兵開始帶路。

這具骸骨兵大概用類似於阿特拉斯院的記錄媒體之物，記憶著書庫的詳細資訊。它穿過數量龐大的書架之間，要說當然也是當然──毫不遲疑地引導著兩人前進。

咻！咻！藍色火焰配合他們的腳步在牆上燃起。

看來也像在熱情款待很久不見的主人及其同伴。

老人在半路上開口。

「真沒想到，居然會聽見……境界記錄帶這個名稱……還有……她居然會在這個倫敦發動靈威……」

老人說到此處打住，轉動眼睛將目光投了過來。

「馬里斯比利……有沒有告訴過妳什麼事……？」

「父親大人什麼也沒說。」

嚴格來說，奧嘉瑪麗曾遇見境界記錄帶——那名自稱偽裝者的使役者，甚至與她交戰過。不過，她認為沒必要在此處解釋這種事。

「這樣嗎……」

「您有什麼與父親大人有關的線索嗎？」

「……不。」

老人含糊其詞。

「如果是肯尼斯，或許看過嗎……？」

「您是指什麼呢？」

當少女正要發問時，骸骨兵停下腳步。

在這片應當稱之為書架森林的地下，此處也是尤其難以用筆墨形容——不是純粹因為魔力等因素，此處在某種程度上屬密度濃密的一角。架上收藏的一本本書籍，至少都經歷了百年以上的時光。每一本書當然都不是現代的印刷物，看得出是當時的人類親筆寫成的。

「……就是這個。」

老人抽出的書籍上面蒙著的塵埃，看來比其他書籍略薄一些。

他吹了一口氣，散開的塵埃下記載著某個名字。

「……佐爾根？」

「對，那人叫馬奇里·佐爾根。」

這是個陌生的名字。

從姓名的發音判斷，應該出自北歐或東歐某地。少女聯想到寒冷又黑暗的國度。從那種嚴酷環境中生存下來的人們，會堅強得足以驅散可怕的暴風雪，獲得開朗的自制心。

「這是一個據說數百年前在鐘塔調查過某種神祕，愛作夢的魔術師的紀錄。」

尤利菲斯閣下感慨地說出口。

2

我們轉乘電車和巴士，移動了約兩小時的距離。

來到這一帶後，景色變得截然不同。姑且不提大城鎮，小鎮感覺是零星地夾在草原與森林之間。

老師下車的地點，是這種小鎮的一處偏僻車站。

我們從那裡看著地圖與招牌走了十幾分鐘，抵達目的地。

我們與在午後打著盹的櫃檯老婦人交談幾句話後，立刻被帶進診療室。

那是一間陽光呈斜角灑入室內的潔白病房。

空氣中微微帶著消毒水的刺激味道。

也許是今天沒有患者，又或者是正值休息時間，室內包含護士在內不見其他人影。至於正在播放的柔和古典樂，是診所主人的興趣嗎？

「嗨，你就是訪客嗎？」

我們等候的對象沒讓人等待太久就出現了。

那是一位看來快滿六十歲的壯年醫師。他頭髮半已斑白，白衣胸前的口袋裡收著一副老花眼鏡。

「初次見面，古洛特先生。」

老師起身行禮。

醫師沉穩的臉上浮現笑容，與老師握手之後，他在自己的椅子上坐下。

「據說你是從倫敦特地過來採訪我的？」

「不，不是這樣的。」

「嗯，這是怎麼回事？」

老師朝皺眉的醫師投以溫柔的笑容，講出奇妙的話語。

「因為，『我與你不是老朋友嗎』？很久沒見面，我有好多話想找你聊聊。」

當然，老師和醫師是首度碰面。

話說，剛剛在打招呼時說出「初次見面」的人不是老師嗎？

然而——

「……嗯，對啊，是這樣沒錯。」

醫師神情有些恍惚地點點頭。

「咦？」

當我忍不住喊出聲，老師以食指抵著嘴唇。

「噓……剛才那個是我下的暗示。」

「老師下的……暗示。」

坦白說，這或許比醫師的回答更讓我嚇一跳。

因為姑且不提解體他人的魔術，我很久沒看過老師像這樣認真地使用魔術了。

「很可惜，因為這終歸是我的魔術，暗示的深度非常淺。只要邏輯上稍微說不通，馬上就會解除。」

也許是表情傳達出我想說的話，老師看來很不高興地回答。那個表情也像個被人指出不拿手的科目考了幾分的小孩子。

眼前的醫師不解地歪頭。

「怎麼了？」

「不，無須在意。她是我的助手。」

「哈哈哈，這樣嗎？你也到了那種年紀嗎？」

在老師賦予的暗示中，老師變成了什麼身分呢？如果是一對忘年之交，雖然有些戲劇化，不過設定有點出格的暗示說不定意外地容易通用。我在課堂上學習過關於暗示的知識，但不清楚這方面的詳情。

老師重新交疊十指，如此發問。

「那麼，我對櫃檯人員也說過，你還記得三十年前的患者嗎？」

「……嗯，我當然記得。」

醫師有些恍惚地點點頭。

「他現在用的名字是哈特雷斯。」

「——！」

明明知情，我卻不禁倒抽一口氣。

（……這便是亞托拉姆先生所說的……）

我回想起老師在電車上說過的話。

「哈特雷斯從前接觸過妖精。」

亞托拉姆寄來的信封反面，記載著關於哈特雷斯博士的訊息。

而且那些訊息量本來不是信封反面能夠寫得下的。要閱讀者以魔力讓訊息浮現的理由，是為了讓上面記載的文字化為模擬魔術式，匯集亞托拉姆查到的大量訊息在老師的魔術迴路上播放出來。

那可以說是勝過光碟的魔術記錄媒體吧。

亞托拉姆並不忌諱融合科學與魔術，這種構想深具他的特色。

『雖然菩提樹葉在伊澤盧瑪的地下拍賣會上落入別人手中，拜此所賜，我也察覺了一件事。啊，他大概自認透過多人轉手競標就能充分地隱藏身分，但在我的土地上，用砂塵掩藏蹤跡是理所當然的。我們堅持的韌性，可是被磨練到必須只靠一道乾燥的風向、一絲氣味就搜尋到目標的程度。』

如果亞托拉姆在此處，我彷彿看得見他那得意洋洋的表情。

不過，直到這裡為止的情報我們也都知道。因為從哈特雷斯第一次出現時開始，梅爾文就曾提到，現代魔術科的前任學部長有被妖精偷走心臟等等傳聞。我們推測，他除了使役者之外發揮過的幾種異能，應該也是來自於這段經歷。

如同在現代受託保管寶具的我一樣。

『對了，直到這裡為止的情報你應該也知道吧。但是，替換兒(Changeling)的問題終究是在他們歸來時才發生的。據說某個替換兒返回現實時，得到了妖精的祝福。魔術協會也對那個魔術師另眼相看，他比起蒼崎橙子更早被稱之為出自遠東之地的天才。

至於哈特雷斯，好像有某位醫師藏匿過他。不過，我在詳細調查前就決定過來這裡，也不想在聖杯戰爭前多餘地自找麻煩，所以暫時中止了調查。』

站在亞托拉姆的角度，那也是很自然的想法吧。

實際上要是追查下去，他有可能在聖杯戰爭開始前先與哈特雷斯為敵，收手可以說是正確的行動。

『如果是你，說不定能提出什麼見解。我將醫師的地址告訴你——我用以上的消息，作為你提供的樂趣的回禮。』

訊息就此結束。

正因為如此，我們也轉乘電車與巴士，抵達這間醫院。

停頓一會兒之後，醫師開口。

「對象是你的話，說出來也無妨吧。」

他輕輕點頭。

變白的睫毛眨了幾下，他談論起遙遠的時光。

「當時的我是個懷抱滿腔理想的年輕人，已故的家父經常斥責那樣的我。可是，結果當我因為這種性格接受送來的患者時，家父堅持應該把人迅速轉送到其他人手更充裕的醫院，頑固地不肯退讓。」

醫師瞇起眼睛說道。

「不過，我最後安排他住院了。」

我好像透過那為難的口吻看見了昔日的醫師。

一個執著於應當如此的夢想，試圖為實現夢想傾盡全力的年輕人。任何人應該都有那樣的時期。如果剛好得到了機會，任何人不都會期盼實現夢想嗎？

「在發現他的時候，他渾身是傷，傷勢嚴重到還活著都很不可思議的程度。而且，傷勢雖然意外地迅速痊癒，卻有一個大問題。」

「問題是什麼？例如沒有心臟之類的？」

「唔。」

醫師陷入沉默。

「你是從哪裡聽來的？」

「詳情恕我省略，不過是他本人這麼說的。」

聽到老師的話，醫師在露出苦惱的表情半晌後開口：

「沒錯，我不可能把他送去其他醫院。他有脈搏，血液也在流動。可是，不管用什麼機器檢測都找不到心臟。我感覺簡直像在作夢。不只如此，即使心臟消失好像還是有疼痛感，他不時會按住胸口痛得翻滾，就像剛剛被人刺中了心臟一樣。嗯，他用哈特雷斯（Heartless）為名，玩笑開得有點過頭了。」

醫師一連串的話語在診療室內響起。

他的心臟被奪走了。哈特雷斯的確這麼說過。我們在魔眼蒐集列車上交手時，他如此呢喃。

——「雖然和虛數屬性不同，我也做得到類似的事。用這顆心臟交換。」

妖精的詛咒。

我回想起亞托拉姆說過的話。

「那是源自於替換兒特質的現象。」

老師說道：

「替換兒，又稱神隱。」

低語掠過診療室的白色地板。

那段話以講課而言很簡短，但有明確的洞察佐證。

「在遠東好像有個故事叫浦島太郎，那是典型的神隱例子。被擄走的人類，被帶往時代與地點都不同的某個地方。知道哈特雷斯來自何處的，大概只有他本人與擄走他的妖精而已吧。」

聽到老師這番話，我不知為何想像了夕陽的色彩。

傍晚時刻。世界染為一色，分不清誰是誰的時間。

來自遙遠盡頭的某人。在連朋友也沒有的異鄉之地，甚至失去心臟——取而代之地，他得到了什麼呢？

「妖精真的存在嗎？」

「雖然有所謂幻想種與類似於魔術師使魔之物存在，在真正意義上的妖精，是我等至今也無法掌握全貌的神祕。從某種意義來說，說不定是比神話時代魔術更深的謎團。畢竟連亞瑟王的勝利之劍，相傳也是得自於湖中妖精。」

那個名字觸動我的心臟。那是我不管聽見多少次都無法遺忘——不可能遺忘得了，烙印在這副身軀深處的命運之名。

仍然處在恍惚中的醫師說道。

「不過，那段時間也只有三週左右。」

「三週？」

「……啊，我為何忘記了？他大約在三週後消失了。」

「你說他消失了？這是怎麼回事？」

「嗯。在一個空氣清冽的冬季清晨，他徹底消失無蹤。病床的床單整整齊齊地重新鋪好了。消失得徹底到我都懷疑自己所見的是不是幻覺。」

「……時期相符。」

老師用手指抵著下巴說道。

「哈特雷斯大約是從當時的幾個月後開始在鐘塔活動。多半是聽到神隱傳聞的諾里奇卿，或是與他很親近的人物援助了哈特雷斯吧。」

「諾里奇卿嗎？」

「我以前應該談過，哈特雷斯博士是諾里奇卿的養子。諾里奇卿在鐘塔是大家口中的長腿叔叔，身為他的養子這個事實是一個頗為吃得開的身分。」

的確，我記得自己聽說過。

現代魔術科之所以稱作諾里奇，是因為學科是在他的家族援助下設立的。

「所以老師說過，他算是化野菱理的義兄吧。」

「正是如此。包含法政科在內，鐘塔的各種組織裡都有諾里奇卿的養子。說歸這麼說，沒有其他後盾的魔術師當上主要學科學部長的例子幾乎不存在。這可以說是不在現代魔術科就不會發生的奇蹟。」

老師的話就像在叮囑自己。

這一方面也代表著現代魔術科這麼受到輕視，同時意味著老師置身的地位並不穩固，無論何時被奪走也不足為奇。

老師重新望向醫師，這樣發問。

「請你仔細回想。在他住院期間，有沒有什麼古怪的事件？」

「古怪的……事件？」

醫師神情空洞，目光在半空中游移。

醫師說過──「我為何忘記了」。這表示當時鐘塔應該對他做過某種記憶處理。

「如果我的魔術更像樣的話，或許可以從腦海深處挖掘出被鐘塔處理過的記憶……現在，只能靠他自己的力量賭一把。」

老師的側臉充滿焦躁之色。

原以為勉強抓住的線索，會從指縫間滑落嗎？

不久之後──

「……沒錯。」

醫師低語。

「的確，對，沒錯。那個時候……」

醫師的手指焦慮地在空中游移，彷彿要找回遺落在許久以前的某種事物。不久後，他的手指抵達的不是其他地方，而是自己的臉龐。

「對了……眼睛……看不見了……」

「眼睛？哈特雷斯的眼睛嗎？」

「不，是我。當時我得了怪病，眼前的所有景物會不定期地消失。不是一片黑暗，純粹是喪失了看得到這種感覺本身。試著想想也沒錯。現在的我們也不會因為看不見背後的事物，就將背後認知為黑暗吧。雖然時間大約只有短短十幾分鐘，我很害怕自己該不會有什麼腦部病變。由於剛與家父鬧翻，那時候我非常忙碌，結果沒去其他醫院檢查就作罷了。

在他很擔心地碰觸我的背部後，視覺就恢復了正常。我大吃一驚地回過頭，發現他笑得很開心。啊，那是我第一次看見他露出笑容吧。從此我再也沒有出現過那種症狀。在那之後，我們開始經常聊天。我們對於閱讀的口味很合拍，當我推薦古典科幻作品給他，他熱切地迅速看完並與我交換感想。我們常常討論艾西莫夫的機器人三原則以及海萊因與第二任妻子結婚後的作品，回過神時已經興致勃勃地聊了快一個小時。啊，雖然在當時也是數十年前的夢想了，這讓我回想起自己以前想成為太空人的心情呢。」

「…………」

老師宛如聆聽司祭的神諭般，神情嚴肅地聽著每一句話。

接下來他們又交談了一會兒，醫師輕輕發出嘆息。

「怎麼樣？我試著把想得起來的事情都回憶起來了。」

「……謝謝你。這些訊息非常有幫助。」

老師低頭道謝，輕觸醫師的肩膀。

「你累了吧。非常抱歉。」

「沒什麼大不了的。在相隔許久後有機會與你聊聊，感覺很愉快。」

雖然醫師這麼說，也許是尋找記憶消耗了不少體力，他依然靠坐在椅背上。從窗簾縫隙間射入室內的陽光一道一道地映照出他手上的皺紋。過去懷抱滿腔理想的年輕醫師如今臨近老年，那是在他身上留下的年輪。

「他過得幸福嗎？」

他依舊深深地坐進椅子裡，抬起目光。

「雖然長年忘掉他的我這麼說也怪怪的，他是個溫柔的青年。他本人明明應該更加痛苦，卻一直都很關心我。我曾開玩笑地問過他：『如果你願意的話，要不要來當我的助手？』嗯，如果他答應了，我的人生也會有一點改變嗎？」

「對於他的人生，我無法評斷。」

老師拋出開場白。

「不過，他好像有一群弟子很珍惜他所說的話——『將你的人生獻給最燦爛的事物吧』。」

——「將你的人生獻給最燦爛的事物吧。」

卡爾格在祕骸解剖局的設施內如此訴說過。

即使卡爾格打從一開始就背叛了哈特雷斯，最後死在哈特雷斯手中也一樣。

「真的嗎？」

醫師露出微笑。

「哎呀，我對他說過那句話——他說自己無事可做，我告訴他，那就去找出在你心目中燦爛的事物吧。而且，人類應該獻身給自己找到的燦爛事物。」

他高興地按住白衣的衣襟。

對他而言的燦爛事物，就在他心中吧。老師剛剛所說的話，說不定讓他找回了過去遺忘的光輝。

「這樣啊，弟子嗎？他收了弟子嗎？嗯，真令人高興。哎呀，原來上了年紀真的有值得高興的事啊。」

醫師純真地笑了。

以那笑容作為結束，我們走出了診療室。

3

離開診所時，暮色已然轉深。

由於距離倫敦很遠，城鎮風景由古老建築物與草原交織而成，此時逐漸染成血色。遠方的鐘聲，是從廣場的教會傳來的吧。這片土地上的孩子們多半會在聽到鐘聲後回家去。孩子們的家裡準備了熱騰騰的晚餐，他們會和家人閒聊，說起今天玩的遊戲、玩伴是誰這些瑣事吧。

身為替換兒的他，也會在這種時間出現嗎？

為了回到何處？

不知為何，我感到有點想哭。

我悄悄按住胸口忍耐下來，詢問老師。

「這次的拜訪有成為線索嗎？」

「嗯，有幾件事很具參考價值。」

老師點點頭，朝夕陽眯起眼眸。

「不過，即使能建立假說，也是在推測上再加上推測的產物。實在不是足以依靠的行動指標。」

「只要老師願意的話，請隨時說給我聽。」

我無意勉強問出答案，所以如此說道。

雖然才相處短短半年多，我了解老師的為人。他並非完美主義者，即使推理沒達到完美的境界，我篤定只要他認為情報對我們有用，就會告訴我。

「……大概，只差一點了。」

老師說道：

「我感覺自己彷彿一直在用手挖著洞穴的土牆。明明只差一點便能打通連往另一頭的洞口，但我不清楚那一瞬間會在什麼時候到來。」

他咬住下唇，煩躁地搔搔太陽穴。

「只差一點……即使沒抵達真相，大概也能抵達接近真相之處。這打通洞口的最後一下，感覺好遙遠……」

「老師。」

「……不，我不要緊。」

他搖搖頭，手收回大衣口袋裡又馬上伸了出來。

放進口袋裡的手，好像碰觸到裡面的物品。他的指頭上夾著那枚古老的貨幣。

「史塔特金幣嗎？」

老師喃喃地說。

「老師在斯拉也談論過那種金幣呢。你以前調查過嗎？」

「我打從以前起就想入手，但負擔不起……先不提這個，在希臘周邊的文化圈，流行各式各樣的史塔特金幣，其中伊肯達的金幣特別受歡迎。甚至在貨幣經濟上都可以說伊肯達連接了東方與西方。那位偉大的王者，在他征服過的區域也是信仰的對象。」

「原來如此……信仰嗎？」

「就是信仰。」

老師頗為羨慕地高舉金幣。

他將金幣翻過來觀察了好幾次，同時往下說：

「貨幣是最古老的，持續到現代的信仰啊。其信仰之古老與厚實，不需要在課堂上解釋也能明白吧。畢竟，現代社會成立在對於貨幣這種價值的信仰上。」

那當然不用多說。

不只資本主義社會，人類的社會長期成立在對貨幣這種事物的信仰上。錢可以說正是人類最大規模的魔術，我記得夏爾單老先生這麼說過。

「那麼，把這種東西帶進迷宮有什麼用途？」

「唔。」

老師不經意地瞇起一隻眼睛，馬上複誦一遍。

「把金幣……帶進迷宮……？」

不知道為什麼，他對那句話有所反應。

迷宮、迷宮……他反覆地嘀咕了一會兒，快步繞起圈子，手指插入一頭長髮之間。他咬住下唇，將視線固定在腳邊，在不久後脫口而出：

「對了！靈墓阿爾比恩是迷宮！」

「……咦？不，我想確實沒錯。」

由於這個事實太過理所當然，我只能這麼回答。藏在鐘塔地下的大迷宮。據說古老的龍在地下死亡後，遺骸直接變成迷宮，是作為魔術協會根基的非常規產物。

「我也對妳說過吧。本來，迷宮即為一種魔術。突破迷宮，即是某種通過儀式（Initiation）。」

「我、我想想。就是之前說過的，迷宮與迷陣不同，在迷宮深處將遇見另一個自己之類的話嗎？」

第一次對我講述阿爾比恩之事時，老師為我複習過這些內容。

他說過，對我（Gray）而言，在故鄉的地下空間遇見的另一個自己，正是迷宮獨有的必然。為了讓自己一度死去並重生，我必須回到那個故鄉。

——「那個故鄉，正是對妳而言的迷宮。」

感覺已經像很久以前的事了。明明幾天前才聽過老師講述阿爾比恩之事，這段時間中到底發生了多少事啊。

「那麼，哈特雷斯意圖對『吾王』所做的事十分明確……是啊，沒錯。既然他帶著王者的影子偽裝者進入阿爾比恩這座大迷宮，沒有其他可能。」

「這是怎麼回事？」

我沒有得到回應。

老師不斷地反覆自問自答著。

「可惡，為何我至今都沒有發現。哈特雷斯可是現代魔術科的學部長。那麼，他最出色的魔術顯而易見。與我在完全一致的專攻領域企圖召喚伊肯達，目的應該有限。既然屬於現代魔術科，他使用的術式不會極度專精化。反倒會像衛宮的術式般，僅從外部準備好為此所需要的東西。毫無冗贅之處到了厭煩的地步。」

我胸中充滿不安的陰霾，因為老師的樣子和他領悟到對方要召喚伊肯達時一樣。與敏銳的理性使他徹底落入哈特雷斯的陷阱時一樣。

那麼，這次將會如何？

是哈特雷斯的陷阱再度埋伏在那裡等著他？還是老師的推理，這次會直擊對手的心臟呢？那顆應該已經失去的心臟。

「嗚——！」

老師的身軀開始微微發抖。

即使他按住雙肩也沒有停止，顫抖宛如舔舐整個消瘦身軀的火舌般擴散開來。

「老師？」

「……第二個Whydunit。」

「Whydunit？」

老師在此處用上那個單字，代表他對於一直苦思的案件謎團找到了一個答案嗎？

「我知道……哈特雷斯的目的了。」

突然的宣言讓我愕然地雙眼圓睜，老師以一隻手摀住臉龐。

他的眼神，簡直就像從不經意的計算結果領悟到，將會有巨大隕石撞擊地球一樣。

「可是，為什麼？為何有那個必要？不，作為魔術師，這的確是一種正確答案。不過，那未免太過『僅僅是個正確答案』。連蒼崎橙子大概也會嘲笑，那種做法僅僅是個正確答案吧。我等追求的並不是那種東西。應該不是才對。話說，假使哈特雷斯的共犯在冠位決議中，那名共犯也理解這個目的嗎？」

目光沒有投向任何地方，他語速很快地不停嘀咕著。

這是老師的思考超前太遠時會出現的症狀。這個人的精神宮殿正在加速，將其他的世界拋在腦後。

情況會怎麼樣？

會是哪一種？

老師這次追上哈特雷斯了嗎？還是說，這次他會被哈特雷斯打擊到再也無法振作起來？

「老師。」

呼喚聲總算讓老師的眼眸一動。

「這是怎麼回事呢？」

「…………」

老師沉默了半晌。

與其說他在重新演算自己推導出的結論——更像是還對接受這個結論感到遲疑。

「如果我現階段的推測正確的話……」

老師謹慎地挑選用詞說道：

「哈特雷斯試圖利用靈墓阿爾比恩，刷新全體現代魔術師的存在方式。」

在逐漸退潮的赤色中，我們呆立不動。

＊

即使從摩天樓的餐廳望去，夕陽也幾乎西沉。

餐廳內看不到其他客人。從飯店頂樓眺望倫敦的這片景緻，讓餐廳平常預約甚至已滿到一年之後，唯有今天卻空出來只接待寥寥幾位客人。

特別是面對面而坐的老婦人與壯漢。

也就是巴爾耶雷塔閣下——依諾萊。

以及特蘭貝利奧閣下——麥格達納。

吃完主餐後，老婦人以餐巾擦拭嘴角簡短地評價。

「料理很可口，卻不夠沉著。」

「妳還真嚴格。」

聽到依諾萊的發言，麥格達納笑了。

那快活的笑容，讓人見之著迷。只要看過一次，任何人應該都會想再看一次。而且還會想著，如果能夠如願，希望是自己讓他展現笑容。這也是立於他人之上者的資質之一。

對此，依諾萊神情冷淡地如此回應：

「這是目標的問題啊，麥格達納。新事物總是美好的。在此時此刻受到世界接納的事物正是藝術。不過，這些菜餚過於迎合習慣吃美食的人。雖然進化從財力寬裕的貴族開始發生是當然的，但只有這樣的話，即使時間這道縱軸足夠，也會缺少經歷過的人數這道橫軸。」

依諾萊一手端著葡萄酒緩緩地說。

麥格達納一臉無聊地大幅聳聳肩。

「哎呀，妳說得沒錯。巴爾耶雷塔閣下想要的是為大多數人接受，容易理解的娛樂嗎？」

「民主主義派便是這麼回事吧。我當然並非想和多數主義這種玩意兒劃上等號，迎合愚昧的大眾。可是，如果不連他們也能欣然接受，那就沒有意義。我們應該贏得更理所當然，而非選擇無聊的迎合。嗯，誰會想跟隨一個不以有趣方式贏得勝利的國王？」

「真是嚴格啊。雖然我認為大眾需要的不是娛樂，而是誘導。那梅爾文你有什麼看法？」

「我吃得非常滿足喔。剛才那道添上無花果泡沫醬汁的烤扇貝真是絕妙。」

餐桌邊的最後一人，梅爾文．韋恩斯坦率地大加稱讚。

夾在民主主義的兩位君主之間，病弱的調律師似乎也沒有餘力開玩笑。

「不好意思，我要搭配自己帶來的威士忌。」

「這當然悉聽尊便，巴爾耶雷塔閣下。」

「另外，既然這裡沒有別人，你一如以往地叫我依諾萊女士就行了。不然很噁心。」

「哈哈，失禮了。那麼，依諾萊女士。」

麥格達納投以爽朗的笑容，拋出另一個話題。

「對了，先前在談話中提到現代魔術師應有的狀態，舉例來說，妳對魔術師之間的決鬥有什麼看法呢？」

「沒有什麼看法。在鐘塔是受到鼓勵的行為。我認為很過時就是了。」

她端起散發泥煤(Peat)味的威士忌酒杯，仰頭飲下。在蘇格蘭以西的赫布里底群島最南端生產的艾雷島麥芽威士忌，是老婦人愛喝的酒。

相對的──

「『我』認為決鬥有充分的意義。」

麥格達納眼中的意志變得更加濃密。

「如果將新世代也包含在內，那更是如此。我等從前未能抵達的境地，說不定就在切磋琢磨當中。」

「所以應該互相殘殺？本來便瀕臨絕種的魔術師嗎？」

依諾萊傻眼地說。

麥格達納向前探出他如岩石般的身軀。

「要不要試著打一場？妳有大概四十年沒決鬥過了吧？」

「明明沒有必要，卻要冒著生命危險嗎？你該不會認為，冠位決議正是一個不受干擾的決鬥舞台吧？」

「哈哈哈。」

麥格達納愉快地笑了，依諾萊切換話題。

「據說哈特雷斯博士襲擊了斯拉。」

那個消息也已經傳到了她耳中。

「他那麼做，總之是在示意吧。藉此在冠位決議前夕，向昔日逼迫過他的對手施壓。」

在不同的時間與地點，老婦人說出與艾梅洛II世的推理一樣的內容。

哈特雷斯行動的目的。至今都暗中行動的魔術師大膽地出擊，襲擊大學城斯拉的理由。

「妳說曾有人逼得哈特雷斯走投無路嗎？他的確在大約十年前突然辭去學部長一職，躲進魔術世界的幕後。很遺憾的是，我不知道他採取這種行動的理由，唔，如果是被人逼迫所致，那沒什麼好不可思議的。」

就像在說這還真是可惜，麥格達納點點頭。

「巴爾耶雷塔有印象嗎？」

「很難講。」

老婦人一臉無聊地回答。

「但是，你應該知道吧？據說在斯拉的地下，哈特雷斯透過裂縫前往了靈墓阿爾比恩。」

然後，她這麼往下說。

「冠位決議的舉行地點是靈墓阿爾比恩地下深處的——古老心臟啊。」

「唔。」

麥格達納摸摸下巴。

正是如此。

冠位決議不是單純的鐘塔經營會議。不，如今已經墮落成那樣的場合了，但從前同時是一場集結十二名門的當家，在無比接近星之內海的靈墓阿爾比恩深處舉行的大魔術儀式。

「麥格達納小弟弟。你說過阿爾比恩的再開發計畫是有意義的，民主主義派應該堅持這個觀點。」

以前與艾梅洛II世會談時，麥格達納這麼告訴過他們。

他是為此而提案舉行冠位決議。

「那麼，差不多可以給我看看足以支持那個主張的資料了嗎？」

「原來如此，這要求很合理。」

特蘭貝利奧頷首。

「那這份資料如何？」

當他轉動手指，擺放在餐廳窗邊的天使人偶振翅飛起。

人偶在半空中描繪出約兩道弧線後緩緩地在桌面降落，冒出一陣煙霧化為一疊文件。

雖然演出很戲劇化，依諾萊毫不在意地拿起文件，不感興趣地翻閱瀏覽──她的表情很快變得凝重起來。

「麥格達納小弟弟。」

聲調也摻雜了非比尋常的重量。

「這是祕骸解剖局的文件吧。」

「哈哈哈，雖然刪除了太露骨的部分，還是看得出來嗎？」

「別裝傻。你從哪裡弄到手的？就算特蘭貝利奧動用表面世界的權力，這東西也不是能輕易取得的。」

祕骸解剖局受到保障，在鐘塔中幾乎單獨地進行活動。縱使是民主主義之首、三大貴族之一的特蘭貝利奧，也不可能輕易地窺視其內部訊息。

「姑且不論如何取得，這份資料應該能證實我先前所說的話吧。」

「……嗯，這份報告中記載了在地上的鐘塔無從得知的發掘現場詳細狀況。例如，採掘都市附近的發掘量雖然大幅降低，但大魔術迴路中層的發掘量幾乎與以前不變。也就是說，只要透過靈墓阿爾比恩的再開發計畫確立大魔術迴路的採掘路線，可以期待獲得與十九世紀相等的發掘量。」

依諾萊詳細調查著文件上的數字，同時說道。

在操作習慣之後，光靠魔術迴路掃描訊息就能進行這方面的檢查。這是即使在現代，也有許多魔術師嘲笑科學技術進步的原因之一。當然，與生俱來的魔術迴路與本人的才能會大幅左右其精密度和應用性，這一點不用多說。

「不過，你打算怎麼讓一份不知是如何取得的資料產生說服力？你要我這邊重新調查嗎？那麼做會趕不上冠位決議吧。」

「妳不願睜一隻眼閉一隻眼嗎？」

麥格達納粗獷的臉上露出苦笑，往後一退。

或許是因為他領悟到，如果不退後很可能會被困在依諾萊散發的魔力漩渦中。

「剛剛妳不是才說過，魔術師之間的決鬥不會流行起來嗎？」

「我說的是，明明沒有必要，這麼做沒有意義。麥格達納小弟弟。」

老婦人的聲調反倒變得溫柔起來。

和特蘭貝利奧一樣，創造科的君主也是三大貴族之一。

萬一兩人以自身掌握的魔術交戰，那意味著鐘塔的兩個頂點要賭上自己的派閥相搏吧。

砂礫在依諾萊的手邊沙沙盤旋。

那是創造科(巴爾耶)的君主掌握的恐怖魔術將顯現的預兆。

4

「哈特雷斯試圖利用靈墓阿爾比恩，刷新全體現代魔術師的存在方式。」

當老師的聲音在隨時都會消失的薄暮中響起，我僅僅眨了眨眼睛。

「——啊？」

我聽不懂他到底在說些什麼。

成為老師的寄宿弟子以來，我曾遇見種種令人難以置信的事情。諸如我故鄉的時間回溯——讓人只能以為發生了時間回溯的阿特拉斯七大兵器的假想空間，便是典型的例子。

可是，這一次性質不同。

範圍超過了只限於一定區域的剝離城阿德拉與雙貌塔伊澤盧瑪。故鄉的案件也是，雖然被暗示受害範圍在最糟的情況下可能擴及整個威爾斯地區，還是完全不同。

現代魔術師的存在方式。

因為在這層意義上，我第一次碰到規模如此龐大的事情。

「我們的目標是抵達根源。」

老師再度提起至今多次反覆談論過的主題。那正是現代魔術師的最終目的。是更勝任何犧牲與代價，深思長達兩千年的執著的盡頭。

雖然我不知道根源是什麼樣的東西，老師說那是一切的開端。

因為根源如此重要，鐘塔才會傾注一切資源，說出不惜再開發靈墓阿爾比恩，也想把希望託付給下一個世代這種話不是嗎？

「但是，如果不再有那個必要了呢？」

「啊？」

我再度發出同樣傻兮兮的叫聲。

「呃，老師，你在說什麼啊？我記得那是長達兩千年的夙願吧。我聽你說過很多次，如今神話時代結束並轉移至現代，我等必須要抵達根源等等。根本不可能不再有那個必要吧？」

「…………」

老師並未立刻回應。

就像目睹實在太出乎意料的東西，對於隨便吐露都感到遲疑一般。

「這是怎麼一回事？」

「……我再強調一次，儘管我頗有自信，但這個推論尚未脫離假說的範疇。這樣也無妨嗎？」

「那是當然的。」

「很好……首先，神話時代的魔術師並未把抵達根源當成目標。因為沒有那個必要。對他們而言，根源是十分親近的存在。」

這段說明我至今聽過許多次。

現代魔術師追求根源。不過，神話時代的魔術師則非如此。

「比方說，偽裝者便是如此。」

那一位我們也知道的，跨越遙遠時光出現的使役者。

「我們的魔術始終只是驅動魔術式以短暫地欺騙世界之物，但他們的魔術則是從連結根源本身的神靈——不，在當時就是神明那裡直接引出魔術。」

「啊……」

原來是這樣嗎？我心想。

至今多次有人暗示過的事實與其發展。

神話時代的魔術師與現代魔術師在根本上的差異。

「若說我們只不過是在限定範圍內欺騙世界，他們則是用當然的權利改寫世界。因為神靈的權能就是這樣的東西。當然，那僅僅是權能的片鱗半爪，兩者卻有莫大的差異。在表面上近似於我們藉由十小節以上的魔術儀式暫時蒙騙世界的規則，實情卻截然不同。兩者豈止等級不同，可以說是在不同的次元。他們只說出一句話，只說出神之名，就會直接改變世界。」

規則的變更。

老師以前在課堂上也談論過同一個話題，據說深度達十小節的魔術會在限定範圍內影響世界的法則。比方說，像是「此處的重力朝反方向運作」或「僅限於這幾分鐘內，光會變得比蝸牛更慢」等等，高深度的魔術會觸及作為根基的規則。

另外，被視為禁咒的固有結界等等，也有近似的效果。

「……嗯、嗯嗯嗯，呃，那個，請等一下。」

我彷彿聽見大腦燒焦冒煙的聲響。

由於容易想像，迷宮和魔眼還比較容易理解。鐘塔的魔術太過概念化，不是我的頭腦能夠掌握的。

「神話時代的魔術與現代的魔術不同，是的，我明白這一點。雖然有些模模糊糊，我感覺我明白。神話時代的魔術本來就親近根源，因此沒有必要尋找根源，這部分我也大致明白了。不過，這和哈特雷斯企圖去做的事到底有什麼關係？」

「癥結就在於那裡。女士。」

老師點了個頭，皺緊眉頭。

他嚥下遲疑，重新開口。

「多半——不，無庸置疑地，哈特雷斯企圖創造『為了魔術師存在的神』。」

我不由得陷入沉默。

因為老師所說的內容聽起來實在太過荒唐無稽。

老師會不會中了哈特雷斯的計，導致思考失常了？我按捺住這種憂慮，同時小心翼翼地問：

「……那種事有可能實現嗎？」

「什麼可能不可能的，伊肯達原本便有具宙斯血統的傳說。更何況在史實上，甚至出現過想把伊肯達列入奧林帕斯十二神的動向。在神話中，被升格為新神祇或星座的英雄原本就為數不少，偉大的伊肯達不可能沒有資格。像我先前說過的一樣，在埃及還有他是阿蒙神轉生的傳聞。」

老師的口吻流露出等量的驕傲與苦惱與某種別的情緒。

「對了，進一步來說，從高位存在引出神祕這種類型的魔術本身，至今在遠東等數個地區仍然有人使用。接下來，要做的只有把術式調整到適合這個用途。」

「…………」

透過身體的感覺，我理解了這個部分。

這大概是因為，我曾在幾起案件中看過類似的案例吧。向更加偉大的存在交談，藉此改寫世界……在這種意義上，阿特拉斯的七大兵器正是一個例子。

「可是，將英靈化為神……那個方法是……」

「女士。是妳告訴我的，靈墓阿爾比恩是座迷宮。」

迷宮。

總之，就是我先前與老師交談的內容。在魔術上的迷宮。

「死與重生的通過儀式……」

「就是那個。」

老師頷首。

「偽裝者是影之伊肯達。運用她與作為魔術的迷宮，將死與重生的通過儀式適用於英靈。既然偽裝者是作為替身的職階，她本身是伊肯達的影子，這個結果當然會直接連結到英靈座內真正的伊肯達。」

那怎麼可能？我很想一笑置之。

可是，邏輯說得通。哈特雷斯企圖召喚真正的伊肯達這個帶給我們最大打擊的事實，正是老師推理的核心。因為這種術式若不成立，老師就沒有必要感到絕望。

「然後，在把偽裝者擴展至真正的伊肯達的過程中，有著更加只抽取出本質的靈基。那可以稱作靈基的再臨吧。」

「靈基的……再臨。」

「當然，在一般情況下，即使如此也還是會保留在英靈這個範圍內。即使接近作為英靈的原初力量，也無法到達神靈這種領域。不管反覆再臨多少次，都只會接近作為英靈的上限。被拘束在偽裝者、劍兵這些框架中的使役者，原本便只不過是英靈整體的一個側面。所以，就算想到他要召喚伊肯達，我至今也從未想過他企圖將伊肯達神靈化。」

老師這番話具有非比尋常的分量。

他應該考慮過所有的可能性。在考慮過後漏掉的盲點。打從一開始就認為沒有可能而排除掉的假說。

「創造神靈需要幾樣東西……亞德，你應該知道吧？」

「咿嘻嘻嘻！老師會問我事情，還真稀奇啊！」

尖銳的說話聲從我右肩的固定裝置傳來。

「因為我認為你是適合的人選。你的封印，也就是那麼回事吧？」

「嘻嘻！對，先鋒之槍並非單純的寶具，因為太接近星之源流了。不好好封印這種玩意兒還長期使用下去，使用者當然也會變得接近神靈啊。」

作為封印禮裝的亞德的意義。

我記得守墓人的前輩曾經說過，先鋒之槍需要亞德這個封印。我以為純粹是因為先鋒之槍這個神祕在現代也會變得稀薄，原來還有那層含意嗎？

「不過，連亞瑟王也無法達成那個變化。就算在短短十幾二十年——不不，人類的壽命範圍內都使用先鋒之槍，頂多也只會讓精神結構偏向神靈，但僅止於此。」

「正是如此。時間不夠。」

老師接在亞德之後說道：

「要調整為神靈，需要足以接受信仰或天地元氣的時間。就和信仰需要時間才能在人們之間傳播一樣，要把靈基調整成那樣的形態，無論如何都得花費龐大的時間。」

「時間……」

我總覺得好像聽過相關的話題。

我的腦海中立刻閃過某個遠東國度的名字。

「……啊，那個是，衛宮的……」

「沒錯，受到封印指定的衛宮的魔術。」

我們在哈特雷斯工坊找到的封印指定魔術。

我記得，那個魔術會製造與外界隔絕的時間流動什麼的——

（……啊，這也是……）

影響世界規則的最高位魔術。

我彷彿聽見拼圖逐一嵌合的啪擦聲響。那聲音帶著某種爽快感，同時也暗藏著千里之堤潰於蟻穴般的不祥預感。

冬季帶著濕氣的風吹過。

老師取出雪茄。他捏住雪茄，試圖點火的手指在發抖，但還是勉強成功點燃，叼起雪茄。紫煙彷彿什麼也不知道地飄向遠處。

「用衛宮的封印術式解決時間的問題。嗯，那本來是意圖抵達遙遠的時間盡頭，看清根源的封印指定術式。再加上英靈不會變老，可以持續施加幾乎無限的時間負荷，直至到達神靈的領域。與這顆星球直到終有一日毀滅為止的五十億年相比，區區數千年的時間壓縮如同兒戲。

而且，還有另一件事。冠位決議每次都在特殊的地點舉行。那就是靈墓阿爾比恩的中樞。」

我雙眼圓睜。

因為我至今完全沒聽說過此事。

「因此，僅限於冠位決議期間，平常被封印的堤防會打開。因為冠位決議本身原先就是一種魔術儀式，在亡故之龍的心臟舉行。」

唯有那個名字，我以前在史賓繪製的概略圖上看過。

古老心臟。

靈墓阿爾比恩的中樞部分。

「這會使古老心臟浸淫在無與倫比的魔力中。哈特雷斯多半打算在魔力堤防為冠位決議開啟的同時，在靈墓阿爾比恩再度召喚伊肯達。眺望地上星辰的地底觀測所——那裡接收來自星之內海與地上兩方的神祕波動，甚至充滿遺落之龍的魔力，是最適合將一名英靈變換成神靈的地點。」

老師的話已近似於一連串的咒語。

原以為再怎樣也不可能成真的事情，隨著逐一堆疊間接證據與推理漸漸帶著具體（形體）性。

這正是魔術。操縱神祕，引導出超乎想像的結果，這是魔術師的本領。

「一旦成為神靈後，他準備了先前的貨幣。」

老師舉起古老的史塔特金幣。金幣損傷的表面上反射即將從地平線消失的陽光，虛幻地閃爍著光芒。

「透過貨幣運行的經濟，也就是最強大的信仰之一。那麼用金幣當觸媒，可以構築起形式極其單純的信仰形態。真是深具現代魔術特色的詐術。尤其是，如果使用從伊肯達生前便存在又與他有關的硬幣，要和成為神靈的伊肯達連接路徑（Pass）也很簡單吧。更何況，術者是那個哈特雷斯。」

信仰與神靈。

總之，不是以信仰創造神這種原有的形態，而是以信仰向神抽取力量這種褻瀆的逆轉。

「若讓伊肯達化為神靈，這枚史塔特金幣將成為連接那位神祇與魔術師的偉大魔術禮裝。啊，新世代的魔術師們會輕易地淪陷吧。雖然那麼做應該也需要不同於現代的技術與訓練，但作為現代魔術師前途毫無希望的他們，突然能夠成為神話時代的魔術師了。當然，和神話時代不同，既然真以太等要素不足，輸出的力量會受到限制，但無疑足以超越現在的血統與家系造成的界限。」

「…………」

我不知道該露出什麼表情才好。

「那是……」

那是壞事嗎？

那是錯誤的嗎？

超越血統與家系造成的界限，作為魔術師得到成功。在某種意義上來說，那不是老師比起與伊肯達重逢更大的心願嗎？和老師一樣如此渴盼的人，不是不勝枚舉嗎？

老師的臉上會帶著苦惱神色也是當然的。

越是反覆推理，反倒越被哈特雷斯逼得走投無路。原來如此，雖然他無法尋求老師的協助，那個目的在某種意義上與老師過度重合。

「……我非得追上他才行。」

老師從喉頭擠出聲音。

「可是，要怎麼做？啊，既然同樣在靈墓阿爾比恩進行，從冠位決議的會場過去的話……」

「不，冠位決議的舉行地點——在會議結束前無人能夠干擾，也無法離開。轉移至那裡時也是使用從採掘都市直達的裂縫。總不能每次要召開會議，都叫君主攻略地下城吧？」

老師或許打算開個玩笑，我卻笑不出來。

他加快了腳步。

走向我們前來這個鄉下小鎮時下車的車站。

「回斯拉去。這件事不得不與萊涅絲商議。依情況而定，哪怕借助其他君主的力量也要……」

不過，那些君主當中或許有哈特雷斯的共犯。

我在一片昏暗中跟隨在老師背後，吞了口口水。感覺就像有隻太過巧妙又伸得太長的巨人之手，緊緊地握住了我和老師。

＊

麥格達納直視著在桌上沙沙盤旋的砂礫。

他十分熟悉老婦人的魔術。

屬性是地與水與風的三重屬性。但那種程度的稀有度，在真正歷經悠久歲月的家系中只是附加要素。巴爾耶雷塔閣下的可怕之處，全部囊括在她是麥格達納所知的範圍內，最像魔術師的魔術師這件事上。

這代表著——就連在鐘塔用數十年累積而成的策略，在最後關頭都能夠從她的念頭中消失。只要不符合她作為魔術師的生存方式與信念，依諾萊．巴爾耶雷塔．亞特洛霍爾姆會乾脆無比地割捨俗世的果實。

正因為如此，在鐘塔中也最為正宗的創造科（巴爾耶）列名於民主主義中這種異常狀況才一直持續下去。

砂礫緩緩地捲起。

如果轉變為魔術，那一捧砂會掀起多麼致命的結果？

幾秒鐘後，壯漢下了決定。

「我認輸了。我坦白招認吧！」

他堂堂地大膽宣言。

「哎呀～肩膀好僵硬。梅爾文，可以請你調律嗎？」

「那是當然。」

梅爾文點點頭站起身。

看著他舉起手邊的小提琴，麥格達納高興地笑了起來。

「哈哈哈，好久沒被依諾萊女士訓斥了。不過在學生時代，我曾受到妳相當嚴格的指導，指出我報告的格式沒寫好呢。」

「是你急著下結論的毛病到現在都還沒改過來吧。」

依諾萊指出問題，眼神同時看向一旁。

小提琴的音色在餐廳裡流動。

這家餐廳每晚都安排知名音樂家表演，有時會如舞會般響起優美的樂曲，不過能演奏出如此虛幻音色的人應該很罕見吧。梅爾文的「調律」並非只是單純地作用於魔術刻印及魔術迴路，也滿足了純粹作為音樂的基準。

「……嗯，非常好。」

麥格達納以手指打著拍子，感慨地說：

「原來如此，蘊含魔力的旋律會活性化我的魔術迴路。這就叫沁人心脾。要是沒有體質問題，你應該有可能成為我的繼承者吧。」

「哎呀，請別給我戴這種可怕的高帽子，本家的當家大人。我嚇得都快不小心吐血嘍。」

梅爾文有條不紊地拉著小提琴回答，麥格達納揚起嘴角。

「我想問你一個問題。如果要你在友情與血統之間選擇，你會怎麼做？」

小提琴的演奏沒有停止。

被要求替麥格達納「調律」的梅爾文完美地執行著委託，同時微微瞇起眼睛。

「這可真是來自本家相當直接的問題，我應該將此視為君主的命令嗎？」

「不是那麼認真的提問，你輕鬆地回答也無妨。」

「就算您這樣說，如果我隨便回答，媽媽會很為難的。」

「哎呀，造成韋恩斯的主母困擾，並非我的本意。」

麥格達納眨眨眼，就像在說這當然是個玩笑。無視於他的舉動——

（……！這是……）

正在調律的梅爾文感受到異樣的感覺。

簡直就像整個人不知不覺間浸泡在水中，水位已漫到咽喉一般。

（……整個房間……被特蘭貝利奧吞沒了……！）

餐廳裡的所有事物都浸泡在龐大的魔力中。就像突然發覺自己身在游泳池裡。

變化發生在他剛剛險些與依諾萊開打的時候。

如同依諾萊即將施展她所擅長的砂魔術，特蘭貝利奧也渾身充盈著如此大量的魔力。

在一般情況下，行使一定程度以上的魔術時，會納入大氣中的大源（Mana），用魔術師體內的精氣（Od）當成點火源來成立魔術。

不過，從麥格達納體內溢出的魔力量，達到了只靠個體就能成立大魔術的領域。

「我等喜愛沉默，洞若觀火。」

窗外。

高度應該有一百公尺以上的高樓層。

宛如時節不合的煙火突然炸開。壯烈的火球出現在窗戶玻璃外，在一瞬間消失。

「嗯，梅爾文你也發現了？」

麥格達納笑著說。

正如他所言，梅爾文也辨識出來了。由於火焰的出現，被那股火焰燃燒殆盡的「某種殘骸」朝地表墜落。

「哎呀，真無聊，做出派使魔偷窺這種不識趣的舉動來。大概是已決定不出席冠位決議的中立主義吧，既然那麼好奇，出席會議不就得了。」

「…………」

如果利用大源，那些使魔大概也會迅速察覺，逃離現場。然而，只靠體內精氣成立的魔術直到發動前都沒被察覺，殺光了所有使魔。

特蘭貝利奧閣下——麥格達納・特蘭貝利奧・艾略特的個人特性。那便是單純的超大輸出功率。

既然是現代魔術，雖然一開始需要發動魔術的小節(Count)，一度發動之後，不管多少次都能連發壓倒性的魔術。幾乎是暴力性的魔術迴路效率。

（他位居特蘭貝利奧的頂點，也是當然的嗎？）

那絕大的資質，讓人不得不這麼想。

即使身為一個魔術師，特蘭貝利奧閣下也出類拔萃。以調律師之身至今看過許多魔術師的梅爾文，首度近距離地看到一個人散發出如此滿溢的魔力。

他發現膝蓋正微微打顫。比起他自己，這種生理現象本來更有可能出現在他的摯友身上。

（……對不起，韋佛。）

他自覺到心靈已經受挫。

至少，他將有幾個月無法違抗這名君主。作為魔術師，麥格達納在梅爾文心中留下了這麼強烈的恐懼。梅爾文．韋恩斯不得不在這裡棄權。如果輕率地糾纏下去，大概會在致命之處失敗。

恐怕——

依諾萊和麥格達納都是抱著這個盤算而演出剛才那場鬧劇。

不，即使有所盤算，那一定不只是場鬧劇而已。只要稍有差錯，兩人想必會不惜真的當場展開決鬥。正因為如此，鐘塔的君主令人畏懼。會因為一時興起就簽署出賣世界的合約書，這便是王者的存在方式。

「調律已經結束了嗎？」

麥格達納有點遺憾地回望演奏完樂曲的梅爾文。

「暫且結束了。如果希望得到更進一步的正式調律，請您撥空蒞臨我的工坊。」

「原來如此，我很期待。那麼，繼續談下去吧。」

麥格達納拿起放在手邊的銀鈴。

金屬的高雅聲響傳遍四周，相隔一段時間後，餐廳的大門打開了。

門後佇立著一道修長的人影。

那是個肌膚黝黑的女子。當然，既然出現於此時此地，她不可能僅僅是個黑人。女子直視依諾萊和梅爾文的眼神，蘊含著常人不可能具備的傑出強韌意志。

「好了，我對依諾萊女士宣言我會坦白情報的來源。所以，我來向兩位介紹吧。」

麥格達納開口：

「她是哈特雷斯博士的弟子——多半是直接由他指導的弟子中最後的一人，祕骸解剖局材料部門的『阿希拉小姐』。」

梅爾文聽過那個名字。

他不時會與萊涅絲互相交換情報。當然為了顧及立場，他們並非所有事都會談到，不過他記得阿希拉這個名字，如麥格達納剛才所言，那是哈特雷斯的弟子之一，與艾梅洛II世在解剖局的設施內見過一面後隱匿了行蹤。

不過，讓他感到驚愕的反倒是女性緊接著的回應。

「別這樣，『爸爸』。」

「…………！」

那個稱呼令梅爾文瞪大雙眼。

「對，就像她說的一樣。」

麥格達納悠然地頷首，補上一句話。

「她是我的第十二個女兒。」

「這是怎麼回事，麥格達納？」

依諾萊也接著發問。

「需要說明嗎？」

「那還用說？我知道你有好幾名妻子，還有人數更多上數倍的女兒。這無所謂。好歹也身為君主，這種程度的隨心所欲是被容許的。不過，成為祕骸解剖局的局員則是另一回事。」

「那就沒辦法了，我來說明吧。」

麥格達納裝傻似的說完後繼續道：

「以前與祕骸解剖局進行共同調查時，我曾短暫地進入靈墓阿爾比恩。當時，我在採掘都市遇見了她，對她深深著迷。外表不用多說，她在那種嚴酷的環境中依然試著直視事物的性情非常美好。我本來想特別提出請求將她帶回地上，阿希拉卻拒絕了。」

「因為那麼做的話，我就無法幫助爸爸了。」

阿希拉羞澀地依偎在麥格達納身旁。

「…………」

梅爾文當然也知道麥格達納古怪的癖好。可以用多情來形容嗎？他的妻女加起來多得能組成兩支棒球隊。雖然並非每一個人都知道，他曾想過這種做法在至今仍盛行政治聯姻的魔術世界是有效的戰略。

然而，想不到……

想不到哈特雷斯的弟子之一，竟然是麥格達納的女兒——

依諾萊以十分冷漠的表情注視著她。在吊燈映照下，她布滿皺紋的手中拿著本應對外保密的祕骸解剖局文件。

「但是，既然哈特雷斯博士可能會殺害從前的弟子……我不能置之不理。畢竟她是我寶貴的女兒。因此，我像這樣把她召回身旁。儘管你們或許會取笑我是個糊塗爸爸。」

麥格達納快活地笑著站起來，摟住女兒的肩頭。

這樣站在一起，他們看來便像是不在乎人種差異，締結牢固羈絆的親人。至少從外在看來是如此。

（……糟了，韋佛……！）

梅爾文咬牙按捺恐懼。

（君主們還藏著好幾張牌。）

他們針對明天的冠位決議，逐一收集或揭開底牌，藉此撼動周遭。在這裡揭開阿希拉這張牌，與其說是為了強化民主主義的團結——不如說是用來防止背叛。麥格達納在暗示，與握有那麼多張底牌的他為敵並非上策。

他正在威脅周遭，表示若有必要，他還能打出更有力的牌。他找來只不過是分家成員的梅爾文的理由先前一直是個謎團，簡單來說，梅爾文是簡單易懂的樣本。作為對特蘭貝利奧本家抱著恰到好處的反抗態度，具有恰到好處眼力的消息來源，梅爾文是個方便的人選。

正因為梅爾文是這樣的人，麥格達納認為周遭眾人會信任他的評價，選中了他。

把中立主義派的使魔放置到那個時機才處理，當然也是經過計算的吧。直到他透露自己掌握了祕骸解剖局的資料為止，麥格達納想必打算把這些消息刻意傳出去。

鐘塔裡怪物多不勝數。

不過，很少有人比特蘭貝利奧閣下更擅長像這樣操縱自如地運用情報底牌。特蘭貝利奧一語道破，民主主義總結起來就是對大眾的誘導，而他也採取了正如其言的行動。

新時代的王者。

望向那個微笑，梅爾文只想著一件事。

（……啊啊，但願我最後的掙扎有傳達給你。）

5

我們抵達火車車站時，天色已完全入夜。

老舊的水泥月台旁長著彎曲低垂的枯樹，我抬頭仰望冬季的星座。也許是街上燈光不多的緣故，雖然比不上故鄉，天上的星子也鮮明地閃爍著光芒。

這次的案件，在星光無法抵達的地底蠢動。

宛如要逃離星辰的眼眸。

「可惡，她沒接。」

老師拿著手機好一會兒，面有難色地按下電源鍵。

「怎麼了？」

「搭乘巴士前，我和萊涅絲說過大略的情況。她在我正要談到今後行動的時候掛了電話，即使重打好幾次都拒絕接聽……只傳來一封簡訊，說她已經理解情況，有個沒用的最後掙扎正前往那邊，要怎麼做交給我來判斷。」

「最後掙扎？」

聽起來的確像萊涅絲會說的話，但我不懂話中的含意。

所以，我慢了一拍才察覺車站的異變。

（沒有其他旅客……？）

當然，因為這裡是鄉下小鎮，月台上依時機而定也可能空無一人。不過現在還是晚上七點左右，包含車站內與外面的馬路上，所有的氣息全部消失，這種情況有可能發生嗎？

這是當魔術師之類的人物張設結界時會發生的現象。

「老師。」

「……嗯。」

老師已經進入備戰狀態，對全身施加「強化」。這也許是因為他比別人更加膽小，不過這樣的老師現在感覺很可靠。

濃霧緩緩地包圍世界。

那是明顯並非自然現象的魔性之霧。慢了一拍之後，應該早已淘汰的蒸汽聲響起。

「老師，這是……」

繼蒸汽聲之後，深灰色的機關車頭劃開迷霧。

把霧氣與黑暗一併切開的金屬車體。宛如樂團的指揮棒般優美地驅動著的車輪連桿。就連摩擦鐵軌的聲響，都暗藏並非只是鄉愁的優美。

「……魔眼蒐集列車。」

那輛列車宛如冬季的幻影般停靠在陳舊車站的月台邊。

由於狀況突如其來，我和老師都動彈不得。只要回想在這輛列車上發生過的案件，那也是當然的反應。

一道人影緩緩地從開啟的列車車門現身。

那是個消瘦的男子。

他是魔眼蒐集列車的車掌，我記得名字好像叫羅丹。他舉止端正地彎下腰，以低沉的嗓音如此說道：

「好久不見，艾梅洛閣下II世。」

「你怎麼會……」

「梅爾文．韋恩斯氏的某種直覺很靈啊。」

車掌答覆了出乎意料的名字。

「梅爾文先生他……！」

我忍不住插嘴，車掌望著我緩緩地頷首。

「自從聽說哈特雷斯博士衝進通往靈墓阿爾比恩的裂縫後，梅爾文先生似乎就想到你大概有必要追上去。於是他聯繫我們，要以列車作為運輸手段……是的，因為我們也有一大筆賬要向哈特雷斯博士討回來。」

他冷漠的聲音深處，蘊含著讓人驚訝的熱度。

「他不只迫使享有盛名的魔眼拍賣會中止，還害得我們因為無益的交戰浪費魔眼。再加上，那場戰鬥的消耗導致本列車的代理經理至今尚在沉睡。這等蠻行，這等恥辱，我們不可能置之不理。」

的確沒錯。

哈特雷斯與偽裝者讓魔眼蒐集列車在聲譽與實質兩方面都蒙受嚴重的損害。無論作為驕傲的死徒眷屬，或是生活在神祕世界的一族，都不可能對這份屈辱置之不理。所以，梅爾文才看準了打出這張底牌的一瞬間吧。

也就是為了追上哈特雷斯，乞求魔眼蒐集列車相助的時機。

「還有，萊涅絲小姐也與我談過。我理解了你應該前往靈墓阿爾比恩的動機。」

所以萊涅絲才會說，有個最後掙扎正前往那邊嗎？

哪有這麼亂七八糟的最後掙扎啊？即使不是老師，我也忍不住想講出難聽話。

「我們的魔眼蒐集列車，可以帶你前往靈墓阿爾比恩的採掘都市。如果你打算獨自追蹤哈特雷斯，我想這是最好的手段。」

他拋出令人意外的提議。

據說魔眼蒐集列車行駛在現實與異界之間。我們也在以前的案件中遭遇過好數次這種場面。如果靈墓阿爾比恩不存在於一般的座標，或許反倒是適合搭乘這輛列車前往的地方。

不過，輕易地接受這種提議好嗎？

「老師。」

「……萊涅絲會給他那麼多訊息，代表她已做好覺悟，要自己承擔冠位決議了吧。原來如此。難怪她不接我的電話。比起隨便解釋被我追問，她認為把我丟進漩渦當中更輕鬆。」

老師輕輕嘖了一聲。

在沉默半晌之後，老師對車掌說道。

「但是，光靠我和格蕾無能為力。從時間落差來判斷，哈特雷斯應該早已進入作為迷宮的大魔術迴路。若只有格蕾能成為戰力，根本沒法討論。更何況，我也無法接受更進一步地把自己的學生拖下水。」

「這一點我也知曉。那幾位乘客已經事先上車了。」

「上車？」

在冒出問號的同時，我得到了答案。

「嗨。」

那位魔術師從另一道車門走出來，調皮地揮著手。

他有健壯的體格與曬黑的皮膚，留著一臉沒經過打理的鬍鬚，頭上纏著髒兮兮的頭巾。在夜霧之中，他讓我聯想到耀眼的太陽。我曾遇見的魔術師幾乎都帶著黑暗的氣息，然而這名男子不管被多少汙垢與塵埃弄得渾身黑漆漆的，也令人想起清爽的沙漠之風。

「你們發什麼呆啊，難道是把我忘得一乾二淨了？來，唸唸富琉加這個名字，能不能回想起來？」

聚集在那座剝離城阿德拉的成員之一。

飄忽不定的占星師——富琉加就在那裡。

「富琉加先生，為什麼……」

「咯咯咯，要揭穿內幕的話，我從很久以前就接了你義妹的委託，參加各種調查。而這回她要我去靈墓阿爾比恩，安排我搭乘這趟列車。真是的，真會逼人幹活啊。」

「是萊涅絲小姐的……」

如果是她，應該會這麼做。

在老師振作起來，離開斯拉後，她多半馬上聯絡了梅爾文。然後在梅爾文安排魔眼蒐集列車的期間，萊涅絲也召集了闖進靈墓阿爾比恩需要的人手。考慮到時間問題，在老師看穿哈特雷斯的目的前，她大概就設想到事情發展至此的可能性了？

不，不只富琉加而已。

另一個人影謹慎地出現在占星師後面。

「好久不見。艾梅洛II世，還有格蕾小姐。」

那名青年注視著我們。

他缺了右臂。不，我難以忘記。那隻手臂是被我的先鋒之槍斬斷的。

他右眼戴著黑色眼罩，額頭上綁著稱作兜巾的小冠。我回想起老師也是在剝離城阿德拉告訴過我的知識，他說那身服裝出自於修驗道這種日本獨特的信仰。

老師張口喊出那人的名字。

「時任次郎坊清玄。不，你是……那個，『叫你清玄可以嗎』？」

老師有些含糊其詞，因為清玄在剝離城阿德拉曾是凶手──他被修復的魔術刻印侵占人格，犯下罪行。

亦即，透過魔術刻印侵蝕人格。

所以老師說過，清玄這個人格可能已經消失了。

「……叫俺清玄就好。」

修驗者擠出回答。

他的聲調聽起來摻雜著極為苦澀的事物。

「俺現在還是清玄。剝離城城主之子的記憶與俺的記憶混在一塊，只要鬆懈下來，俺就分不清自己是時任次郎坊清玄，還是革律翁．阿什伯恩。即使如此，俺是清玄。要是你們這樣稱呼俺，俺會很高興的。」

需要多少時間，才能產生那種想法？

連自己的人格與記憶有多少範圍屬於自己都分不清。光是想像那樣的狀態，我便毛骨悚然。因為當這具身體不再屬於自己時，會受到多強烈的恐懼折磨，實在無法遺忘。

「……我知道了。」

老師也點點頭。

然後，清玄以帶著陰鬱的神情這麼問：

「你還記得海涅・伊斯塔里的妹妹——羅莎琳德嗎？」

「當然記得。」

海涅是在剝離城阿德拉犧牲的修道士，別名騎士（The Knight）。他與那個別名十分相配，是一名高潔有禮的好青年。

為了修復受到妹妹羅莎琳德的體質影響變得惡性化的伊斯塔里家魔術刻印，那名聖騎士前往剝離城阿德拉，在那裡被人格遭到侵占的清玄＝革律翁・阿什伯恩殺害。

當我回憶起這些背景，清玄尷尬地面露苦笑。

「你的義妹絕對是惡人吧。說什麼『我會以艾梅洛之名照顧羅莎琳德，用盡各種方法避免她繼續被捲入家族繼承人騷動中受害，所以你也要幫忙』之類的，亂扯了一通。」

的確，這是清玄無法拒絕的。

雖然從結果來說，被他人侵占的清玄殺害了海涅，但在事情發生之前，雙方反倒建立起友好的關係，親近到海涅會將妹妹羅莎琳德託給他照顧的程度。

「非常抱歉。我也認為她的確是惡人。」

聽到老師道歉，我也不得不贊同。

之後，我或許至少要給萊涅絲一句忠告比較好。雖然她一定對此心知肚明，我的想法是多管閒事。

「然後，挑戰靈墓阿爾比恩在慣例上最少要五個人。所以，還有另一個人在等著。」

清玄這麼催促著，回頭轉向背後。

於是，列車裡響起不滿的叫聲。

「啊～真是的，不久前明明才道別的！」

一個我們在大約短短半天前聽過的聲音。

是這名少女適合黑夜，還是反過來呢？一頭黃金色的法國捲在車站的霧氣中起伏，比任何飾品都更加美麗地點綴著她工整的側臉。每當那身藍色洋裝的裙襬搖曳，便讓人誤以為這裡是舞會會場。

當然，她是露維雅潔莉塔．艾蒂菲爾特。

「連妳也來了……」

「那邊那個占星師逮住了我。」

當露維雅狠狠地瞪過去，富琉加搔搔頭巾下的腦袋蒙混過去。

「哈哈，我占卜了適合的星辰，發現在我所知的範圍內本領最高強的小姐不就在倫敦附近嗎？那只能試著邀約看看了吧？」

「雖然非常不愉快，但情況的發展也勾起了我的興趣。沒錯，搭乘魔眼蒐集列車的機會本來就很少，而且還要前往靈墓阿爾比恩。」

我想起了露維雅潔莉塔在阿德拉僱用過富琉加。

當時，沒錯，她企圖殺掉老師。不只如此，還絕不是以動用暴力這種無聊的方式——

——「那位大小姐想證明你的無能，在業界葬送你的名聲。」

——「這有點太從正面進攻，很好笑吧？」

當時富琉加像這樣坦白後，笑了起來。

我多半是在那一刻，對露維雅產生了好感。

在我尚未對老師敞開心房的時候。當時的我離開故鄉抵達倫敦，心中卻充滿固執的偏見，認為魔術師全都是稀奇古怪的怪人，不然就是徹底沉浸在超過千年毫無進展的執著當中。

特別是那座剝離城阿德拉，有著深深的陰暗面。

不過，也有魔術師企圖從正面打破那些陰影……啊，我大概是在那一刻第一次稍微喜歡上魔術師。

露維雅緩緩地踩著月台的水泥地，走到老師身旁。

「我知道你試圖盡量避免波及學生。」

她比著他的胸口說道。

「但我還是旁聽生，不是你正式的學生。所以帶我一起去攻略靈墓阿爾比恩，沒有違反規則。」

「要求我當導師，還提出這種誇張的詭辯……」

老師被她比著，用一隻手摀住臉龐。

這次他發出深深的嘆息，聽得露維雅微微一笑。

「哎呀，您承認自己是我的導師了？」

「沒有。所以，我要像這樣請求你們。」

他放下摀住臉龐的手。

接著，老師逐一望向魔術師們。

「拜託你們，露維雅潔莉塔・艾蒂菲爾特、占星術師富琉加、時任次郎坊清玄。可以請你們協助我，解決我個人的危機嗎？雖然這會是個前所未聞的任務，時間只有二十四小時左右，要在明天深夜舉行的冠位決議前攻略那座大迷宮靈墓阿爾比恩，追上哈特雷斯以及與他締結契約的境界記錄帶。」

「到了這個節骨眼，你還堅稱是個人危機嗎？哎呀，我可是傭兵，在受僱之後不會抱怨客戶。」

「俺也一樣，沒得選擇啊。」

富琉加與清玄分別意在言外地爽快答應。

「我自認很了解情況。更重要的是，事到如今還撇下我才更加不可原諒。」

露維雅也總算滿意地閉起一邊眼睛。

然後——

「這是第一個案件的成員呢。」

我呢喃道。

當然，嚴格來說，對我而言最初的案件是在故鄉發生的事。

雖然如此，剝離城阿德拉的事件在印象上更像是第一個案件。我覺得那是我初次接觸到老師的推理與對魔術的解體。如果要寫下可稱作事件簿的紀錄，我認為第一章應該分配給在那座城堡中發生的事。

也許是接收到我的想法，老師點個頭之後重新轉向車掌。

「那麼，可以拜託你嗎？」

「是，我們會賭上魔眼蒐集列車之名，送各位前往靈墓阿爾比恩。」

車掌羅丹彎腰鞠躬，指向列車車門。

彷彿配合他的動作，汽笛高貴而勇猛地鳴響。

後記

——那是暗藏於鐘塔的最大謎團。

為地上不可能存在的神祕浸淫，為不容許存在的禁忌侵蝕的墓穴。

名曰，靈墓阿爾比恩。

汝應知曉亡故之龍的偉大。

非常抱歉……！

關於我為何道歉，正如大家一看副標題就會發現的，這一集是《冠位決議（中）》。你不是說下一本是最後一集嗎？如果讀者們這麼責備我，我也只能懇求大家原諒。

其實，我在上集大綱的執筆階段就有「這故事或許會發展成三本」的預感，也找奈須先生商量過，不過如果在後記寫到「我不確定下一本是中集還是最後一集」，等待的讀者應該會覺得焦慮難受……因此忍不住感到遲疑，導致這種情況發生，真的很抱歉……

*

同時，作為系列首度出現的三部曲，我認為這給故事帶來了前所未有的密度與複雜的關係性。在上集初現端倪，擺在艾梅洛II世面前的最大課題。隔著案件與他對峙的哈特雷斯的想法與過去。隱藏在靈墓阿爾比恩的因緣。冠位魔術師蒼崎橙子的干涉。君主們分別設計的種種陰謀。

啊啊，從鐘塔與靈墓阿爾比恩算起，我借用的舞台裝置規模實在太大又太有魅力，一方面又因為我還不成熟，導致分量追加了一集……這應該是正確答案吧。

近幾年來，在我腦海中的某個角落，一直想著他的一連串案件的結局。能夠動筆寫到這一頁，讓我感到莫大的欣喜與一絲寂寞。

在借用TYPE-MOON豐富的世界觀創作的許多故事中，這個以陰鬱的君主與守墓人少女為主體的事件也大放異彩，但本作之所以能延續到這裡，無疑是多虧了有各位的支持。

但願大家陪他們一起走到追尋的謎團全部解開的那一刻。

*

由東冬老師作畫的漫畫版《艾梅洛閣下II世事件簿》，也比想像中進行得更為順利，讓我歡喜不已。他以驚人的美麗筆觸描繪的事件簿世界，已不需要我詳加說明了。

漫畫第三集預定在新年過後於二〇一九年一月發售，請務必拿起來看看。

另外，由我擔任編劇的原創漫畫，倫敦幻獸譚《Bestia》也將由KADOKAWA在同日發售（！）（註：此為日本發售情況），如果大家願意一起翻閱，我會非常開心（曾擔任《正確的卡多》角色設定的有坂あこ老師的作畫也很有魅力喔）。

最後，不只繪製插畫，還為本書作了許多設計的坂本みねぢ老師；一如往常給予精心考證的三輪清宗先生；協助檢查費拉特的台詞等部分的成田良悟老師；將這個世界與角色託付給我的奈須先生、擔任編輯的ＯＫＳＧ先生和TYPE-MOON工作人員，我在此致上感謝。

還有，我當然也很感謝閱讀到這裡的各位。

按照平常的步調，下一集會配合在八月的Comic Market發行，不過要各位從現在開始等候八個月會讓我於心不安，預計會提前一點出版。

時間大約是春末到初夏（註：此為日版發售情況）。

如果敲定日期，我會盡量以容易看懂的方式公布，希望大家關注我或TYPE-MOON的Twitter帳號確認訊息。關於漫畫與其他的通知，應該也會發在上面。

那麼，下次真的在最後一集再會吧。

二〇一八年十一月

記於組裝《戰鎚：黑石堡壘》時

Fate/Labyrinth

Kadokawa Fantastic Novels

作者：櫻井 光　插畫：中原

召喚自《Fate》各系列的使役者
在新篇章的傳說迷宮中相會！

艾爾卡特拉斯第七迷宮是惡名昭彰，吞噬所有入侵者的魔窟。然而卻因某種原因，迷宮內的亞聖杯指引沙条愛歌，使她的意識附在來此處探險的少女諾瑪身上。面對各類幻想種、未知使役者阻擋去路，愛歌/諾瑪究竟能夠達成目標全身而退嗎？

NT$300/HK$98

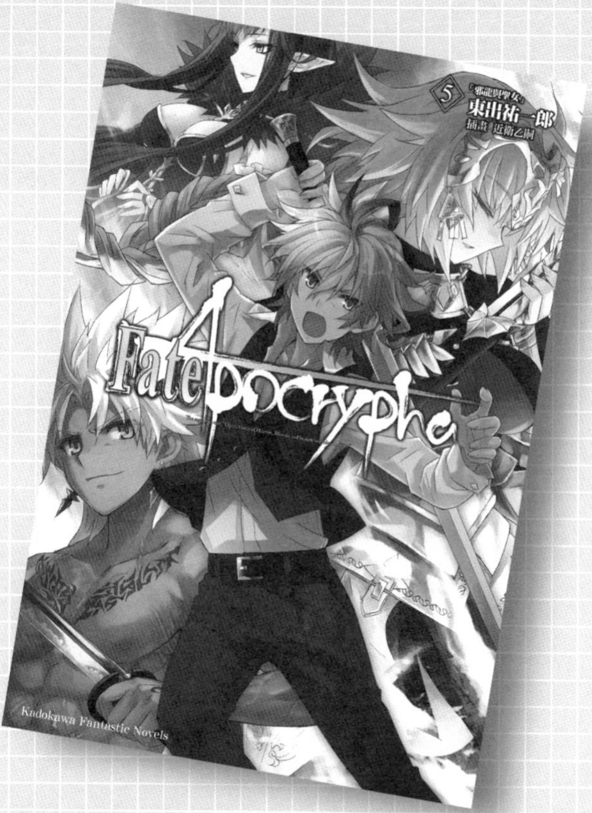

Fate/Apocrypha 1~5（完）

Kadokawa Fantastic Novels

作者：東出祐一郎　插畫：近衛乙嗣

當彼此的想法交錯，烈火再次包圍了聖女。
而齊格帶著最後的武器投入最終決戰——！

「黑」使役者與「紅」使役者終於在「虛榮的空中花園」劇烈衝突。以一擋百的英雄儘管伸手想抓住夢想，仍一一逝去。「紅」陣營主人天草四郎時貞終於著手拯救人類的夢想。裁決者貞德．達魯克猶豫著此一願望的正確性，仍手握旗幟挑戰——

各 **NT$250~320/HK$75~107**

國家圖書館出版品預行編目資料

艾梅洛閣下II世事件簿/三田誠原作 ; K.K.譯
. -- 初版. -- 臺北市 : 臺灣角川股份有限公司,
2021.03-
冊 ; 公分. -- (Kadokawa fantastic novels)
譯自 : ロード.エルメロイII世の事件簿
ISBN 978-986-524-279-4(第8冊 : 平裝). --
ISBN 978-986-524-758-4(第9冊 : 平裝). --
ISBN 978-986-524-759-1(第10冊 : 平裝)

861.57　　　　110000940

Kadokawa
Fantastic
Novels

艾梅洛閣下II世事件簿 9

(原著名：ロード・エルメロイII世の事件簿 9)

2021年9月16日 初版第1刷發行
2023年9月13日 初版第2刷發行

原　作：三田誠
插　畫：坂本みねぢ
譯　者：K.K.

發行人：岩崎剛人
總編輯：蔡佩芬
編　輯：黃怡珮
美術設計：宋芳茹
印　務：李明修（主任）、張加恩（主任）、張凱棋
發行所：台灣角川股份有限公司
地　址：104台北市中山區松江路223號3樓
電　話：（02）2515-3000
傳　真：（02）2515-0033
網　址：www.kadokawa.com.tw
劃撥帳戶：台灣角川股份有限公司
劃撥帳號：19487412
法律顧問：有澤法律事務所
製　版：尚騰印刷事業有限公司
ISBN：978-986-524-758-4
